深く、しっかり息をして

川上未映子エッセイ集

マガジンハウス

Contents

2011

忘れられない災厄の起きた年で、どれだけ

時間が過ぎても言葉にできないことがそれぞれの胸にあるのだと思う。半年後、講演にでかけた先のホテルの部屋から見た景色。空も雲も遠くにあって、地上で起こることとは隔たりをもっているように思えた。けれどもおなじ場所に居続けることができない現象であるという点では、わたしたちは似ているのかもしれないとも思った。

悲しみを乗り越えられるわけ

Overcoming Sadness

物っていったいどこに消えるのだろうなって時々思う。正しくは、いったいどこに消えてきたのだろう？　本当に、あれもこれも、いったいどこにいっちゃったのかなあって思いますよね。まあ物にも色々あるけれど、知らないうちになくなっていたもの、といって一番に思いだすのは、子どもの頃に愛読していた『なかよし』とか『りぼん』についていた、シールとか封筒とか便箋とかの付録の類。あれが本当に好きで好きで、もったいなくて使えなくて、ちいさなファイルみたいなのにどんどんためていっぱいになっていくのが本当にうれしかったんだけど、けっきょく使わないまま、どこかに消えてしまったのだな。

中学校に上がる頃には人生最大といってもいいほどに自意識も環境も激変するから、あんなにも大切にしていた物が「うーん、もういいかな」みたいなことになって、それで何の躊躇もなく捨てるか自然淘汰されるのをただ見てる、みたいなことなんだと思うけど、じゃあ大人になった最近に買った物ってどうだろう？　ハナコにも毎回毎回かじりついて凝視するほどに可愛い雑貨が紹介されているけれど、たしかに最近買った物は常に意識の中にあるというか、まあ必要というか、そばに置いておきたいものである確率が高いよね。急に要らなくなったり、すぐに飽きたりっていうようなこともほとんどないような気がします。

けれども物は増えるいっぽう。昨今ブームの断捨離っていうのは最近の持ち物が対象なんじゃなくて、むしろ最近以外というか、これまでの長いあいだ何となーく、引きずってきたものへの姿勢であって、物に対して意識を向けさせる、平たくいうとまあ「身の回りのこと、考えてね」ってことなんだろうな（読んだことないから想像だけど）。その整理が気持ちの整理につながる、クリアになる、気持ちがいい、というわけでみんな夢中になるのだろう。わたしも色々と整理したいよ。

そんな紆余曲折を経てある物は留まりある物は手を離れていくのだけれど、質量保存の法則からいえば、物としての総量は変わらないわけだから、そう思うとなんだかちょっとざわざわするな。ただ単に、あれもこれも形をかえて移動しているだけというかね。二度と触ることのできない昔のあれこれとか、取り壊されてしまった思い出の家とか、もちろん目には見えないけれど、でもある法則のもとではこの世界の中にまだ存在しているというか、繋がりがあるというか、そういうロマーンなことも言えるわけで。「みんな、ひとつに繋がってるのよ……！」なんてややスピリチュアルな感触がしないでもないけど（笑）、なんでかわたしはこの質量保存の法則、というのが子どもの頃から好きなのです。もちろんこの法則の醍醐味をちゃんとわかってはいないと思うけど、でもなんかよくないですか？　個であるひとつひとつが、ある法則の光のもとでは個であることをひょいっと越えて、何か大きなルールで結びついているんだなって思いこみじゃなくて科学的にいえるようなこの感じ。よくわからないけど励まされるこの感じ。こういう、個人には手出しできない巨大な「理《ことわり》」がこの世界にはがんがんにみなぎってあると思えばこそ、わたしたちは人生のかけがえのない出会いのあとには必ずやってきてしまう、別れの悲しさに耐え、それを乗り越えることができるのかもしれないね。

2011 | 10 | 06

別れのリトマス試験紙

Litmus Test for Breaking Up

今回は、恋愛なのか同情なのか家族なのか親戚なのか戦友なのかルームメイトなのか、もうよくわからなくなっている恋人や夫婦といった人間関係をどのように捉えればいいのか、見直せばいいのか、どう判断を下せばよいのか、についての話です。悩んでも思い出しても、けっきょく堂々巡りの感がぬぐえない。で、わたしが詩人の友人から教えてもらった方法というのがあって、それは自分に問いかけることであって、具体的には何かというと「この人を手放すことができるかどうか。わたしと彼との関係を、彼が今後、他の人と築いても許せるのかどうか。平気かどうか」。そこに未練がないのなら、とるべき道はただひとつ。こう問いかけることによって自分のなかのそれはもう色々なことがはっきりする！　というような話なのだった。

わたしは詩人の友人によってこの答えを得

てからというもの「これ以上の確認の方法はないで……まるで恋愛のリトマス試験紙や……」と感心と感嘆しきりで、こういう話になると「解決策、ここにありますえ」とでもいうように自信たっぷりに話してみせ、そのつど「たしかにその質問は鋭いわあ」「完璧やわあ」「なるほどやわあ」などなどおなじく感嘆の声を漏らす知人たちを一人残らずわたしとおなじような「わたし、今、ようやくわかった」の光のもとへ連れ出してきたのだった。

しかしである。わたしとは16歳ほど年の離れた、敬愛するある小説家と恋愛話をして、話の流れから「リトマス試験紙」を披露したところ、いとも簡単にこの質問の欠陥を指摘されたのである。

「えー、だって。言いたいことはわかるけど、『この人を手放せるかどうか』とか『ほかの人とわたしとのような関係を築くことを許せるか』っていう質問は、『愛』と関係ない場合もあるじゃない」というのである。え、もうちょっと詳しくお願いしますと焦るわたしに「だから、好きかどうかのレベルではもはやなくってさ、相手のことを憎んでるからこそ手放してたまるか、幸せにならせてたまるか、みたいな話もあるじゃん。それって『愛』とは関係ない醜いものだけど、この質問にはそういう動機が入り込んでくる可能性だってあるよ」というのである。

た、たしかに。その発想なかったわ！　という感じだけれど、言われてみればピュアサイドだけでなく、ご指摘のとおりダークサイドもあることはある。そ、そうか、相手には恋愛上の未練はないが、ある種の憎しみによって芽生える「死んでもおまえを離してたまるか精神」か。なるほど、生きていくって今更ながらハードやな、遠い目をしながら漠然と人生のことなどを思いやったりして、お茶をすすったのだった。しかしそれが「憎しみ発」であれ、「恋情による未練発」であれ、「離れられない&人に渡したくない」という想いがあるうちは、いずれにせよ別れないほうがいいということなのかも知れません。もちろん心を巣くう憎しみは早く手放したほうがいいけれど、別れたあと相手が幸せになって憎しみが悪化した、なんていうよりはましなような気が。いやどうかな。わたしと相手をつないでいるのは憎しみであることがわかった時点で、やはり別れたほうがいいのかも。あなたはどう思う？　ああ、恋愛道は難しいのう。

2011 | 12 | 15

何年たってもベリーハード

Still Very Hard After All These Years

新刊が出たときにはサイン会をさせていただくことがあって、ふだん滅多にお会いすることのない読者のみなさんにお会いして、いくつか言葉を交わすという有り難い機会があります。この10月には東京2ヶ所、大阪、西宮、札幌、福岡と移動して、楽しいひとときを過ごさせていただいて、うれしかった。

男女の割合はサイン会をする書店の雰囲気とか立地によって違いがあるけど、芥川賞を受賞した直後のサイン会は男性が多くて、『ヘヴン』という小説を発表してからは女性がうんと増えて——いくつかのエッセイの連載も関係しているのかな——上は80代の方から下は14歳まで、年齢層も広がって、とても賑やかな感じなのだ。

サイン会には手紙を持ってきてそれで渡してくれる人も多くて、わたしはその手紙を読むのがとてもうれしくて、いつまでも大事にとってある。今となっては返事を書くこともできないし、お互いを深く知って関係を進めることはできないのかもしれないけれど、それでも、小説のご感想はもちろん、みなさんがどんなことをどんなふうに考えて、どんなふうな毎日を送っているのか、それぞれの文章で便箋いっぱいに精一杯書かれていて、何度でも胸が熱くなる思いなのだ。

とくに若い女の子では、サイン会に並んでくれて自分の順番が回ってきたときには興奮のあまり震えて（ほんとに）わあああっと泣き出してしまう人がいて、そういう場面になるとその興奮がじかに伝わってくるものだから、わたしもつられて「だいじょうぶ、だいじょうぶ」なんて言いながらも泣いてしまいそうになるのだった。

そのときにすごく思いだすのは自分が十代だった頃のこと。今では懐かしいような、もうすごく遠く感じられてしまってしかたないような自意識やしんどさで世界が潰れてしまいそうだった。何かはじめなきゃいけない、何か大事なことをちゃんとやっていかなきゃいけない、でもその方法だけが、どうしたってわからない。真っ白な闇みたいな空間で、言葉にしても誰に言ってもしょうがないようなもので、苦しんでいた。それをどうにか和らげて、また明日を何とかやりすごすちからをくれていたのは、誰かの書いた小説や詩や、そして誰かが鳴らす音楽だった。勇気と慰めが渾然一体となったもので強く励ましてくれたのは、いつだって誰かの表現だった。そんな、はたからみれば「はいはい（笑）」と一蹴したくなるような、いわゆる思春期のしんどさの渦中の十代や二十代の女の子たちからの手紙は、わたしがもう失ってしまったものだけであふれ、わたしの胸の底に深く響く。それだけがあれば生きてゆける、という時代がたしかにあって、彼女たちの情熱はそこから届く。そして、かつてわたしを勇気づけてくれたもののように、もしもわたしの作品が今、少しでもそんなふうに彼女たちに響いているのだとしたら、こんなにうれしいことはない。何かしらのリレー感。おそれと感謝とともに、襟を正す思いなのだ。

いやあそれにしても、十代の女の子を見ていると思いだすことばかりが増えて、少し困って少し悲しくて、そして少し、ほっとしたりもするんだけれど、でもやっぱり変わってないところもあって、生きるっていうのは何年経ってもいくつになっても、相も変わらず笑けるくらいにベリーハード。

2012

初夏に息子が生まれた。当時
はガーデニングというほど立派ではないけれど、いくつかの花を育てていて、それが楽しかった。息子を抱いて帰ってきた午後に咲いていた、小さな、ばら。つぼみが膨らむと嬉しくなり、咲くと胸が広がる。柔らかい息子の体のぜんぶと、きれめのない朝や夜の記憶、水を吸って穏やかな熱を吐く土のにおいが混ざりあって残っている。またいろいろな花を育ててみたいと思う。

すべてを忘れてしまう私たちは

How We Forget Everything

先日、13年生きて、人間でいうと80歳の愛犬が亡くなってしまった。いつかそのときは来るんだよ、と、それこそ初めて家にやってきた、まだ赤ちゃんの頃からいつだって断続的に覚悟してきたことではあるけれど、実際にこのときを迎えてみると、やっぱりすごく悲しい。いつかやってくるそのときの悲しみや苦しみを少しでも柔らかいものにしようと、わたしは何度も何度も最後やお別れのときを想像しつづけて予行練習をするのが日常的な癖になっているけれど——さすがに気がついていたとおり、本番にはまったく太刀打ちできないということを今回もまた、あらためて思い知るのでした。

でも、一週間経ち、十日が過ぎると、悲しいことは悲しいいままたしかに保存されているのだけれど、その悲しみに向き合っている時間というのが少しずつ減っていることに気がつく。仕事をしたり、人に会ったりしていると、端的に違うことを考えて、ひとりのときに沈みこんでしまうムードとはべつの流れに身を任せているせいだ。そしてどんどん、悲しみとの距離ができてゆく。何もかもをまだはっきりと思いだせるけれど、涙が出るまでに少し時間がかかるようになる。そして、胸は痛むけれど、いつのまにか以前のようには泣かないですむようになってしまう。これはどんな悲しみにもおそらく共通していて——もちろん死ぬまで癒されることのない悲しみ、悲しすぎて時に死んでしまうことだってあり得ることは承知しているけれど、しかし大切な人の死であっても、別れであっても、多くの人にはそれらを乗り越えて日常に戻ってゆける力がやっぱりあるように思えてしまう。人は、何もかもを遠ざけて、忘れる力を持っている。そしてその力っていったい何なのだろうと考えてみれば、それはやっぱり「今」の力に他ならないと、そう思うのでした。

当然だけれど、わたしたちは「今」を生きることしかできない。過去や未来を思いだしたり夢想したりすることはあっても、それをしている自分がいる場所は、いつだって「今」でしかなくて、これほど自分にとってたしかなものはあまりないんじゃないかと思う。どんなに鮮明な悲しみも苦しみも、時間が経つとどうしたって薄れるのは「今」がどんどん更新されて、常に新しい「今」に直面するしかないからだ。人生の時間の感覚の中で「今」より強いものって、そうないような気がするね。べつに人の生き死ににかかわらなくたって、離れて生きてしまえば、あんなに愛していた恋人だって、自分が生んだ子どもだって、たとえ気持ちや想いは変らなくても、彼らについて向き合う時間、考える時間というのは確実に減ってゆくことだろう。どんどん遠ざかってゆくことだろう。

だから、本当に大切な人とは、できれば離れないほうがいいと思う。一緒にいることがすべていい結果を連れてくるとは思わないけれど、わたしたちはとにかく忘れてしまう生き物だから「今」で繋がっていないと、すぐに見えなくなってしまう。あっけないほどに忘れてしまう。だから大切な人とはできるだけ一緒に「今」を過ごすこと。それは「どれだけ長く一緒にいたか」を振り返って確認することじゃなくて、とにかく「今」を一緒にいること。過去や未来の不自由さに比べて、「今」だけは、自分の努力で少しぐらいは何とかできそうだって思わない？　大切なものを守ってゆく、たくさんある努力の中の、これはひとつだと思うんだよね。

2012 | 03 | 22

もしも歌の神さまがいたとして

If There Were a God of Song

毎年のことながら一年の過ぎ去る早さにあんぐりだ。寒い寒い冬だったけど、静かだったばらにもたくさんの芽がつきはじめて、春はもうすぐそこって感じです。何か始めようかなって気持ちも、おしゃれ心も引き上げられる、やっぱり春は始まりの季節だなあ。ありがたいね。ちょっと前の話になるけど、ホイットニー・ヒューストンが亡くなって、それはちょうどグラミー賞の前日で、あの時期は彼女の歌声に改めて触れる機会がわっと増えた。十代や二十代の女の子たちはリアルタイムじゃないのかな、もしかしたらピンとこないかもだけど、その昔『ボディガード』って映画があって、彼女が歌ったその映画の主題歌でもある『アイ・ウィル・オールウェイズ・ラブ・ユー』の♪エンダ――ってサビの部分には聞き覚えがあるかもしれない。

当時も、そしてホイットニーがいなくなっ

た今聴いてみても、やっぱり当時の彼女の歌唱力は凄まじいとしか言いようがない。追悼記事をあれこれ読んでいたときに見つけた「銀河さえもひれ伏す歌声」という表現には、思わずばちんと膝を打った。まさにそう！たとえばYouTubeで聴くことのできる国歌斉唱のパフォーマンスなんて最初から最後まで圧巻のひと言で「偶然か運命かわからないけど、よくもまあ、たくさんある可能性の中からホイットニー、歌うことを選択したものよなあ……」と、思わずいるかいないのかもわからない「歌の神さま」みたいなものにうっかり感謝してしまうほどなのだった。彼女がもしも少女の頃にゴスペルに出会ってなかったら人類はあの歌唱を知ることはなかったわけか、なんて思うと、何だかしんみり感慨深い。

歌手はみんな歌が上手いし個性があって音楽性にも好き嫌いがあるものだけど、歌唱力という点だけを捉えれば、ホイットニーはもはや次元が違うとしか言いようがないのだった。たとえばグラミーでは追悼でジェニファー・ハドソン（映画『ドリームガールズ』の女の子）が彼女の歌を歌ったけれど、そしてそれはもちろん感動的ではあったけれど――誰が何を歌いあげるのを聴いても、そのたびに「ああ、ホイットニーって歌手はまったくの別物、まさに天からのギフトやったんやな」とやけに冷静になってしまう自分がたしかにいるのだった。

そんな彼女は薬物依存に長いあいだ苦しんでいて、この数年はほとんどまともに歌うことができなくなっていた。まだ四十代という若さなのに見違えるほどに痩せてしまったホイットニー。2010年のパフォーマンス(YouTubeで見れます)では、声からはすべての艶と伸びが失われ、ひっきりなしに汗をかき、歌詞も間違え、まるで同じ人の歌唱とは思えないほどになってしまった。薬物依存からの脱却は相当に難しく、精神的にも肉体的にも地獄を見るらしいけれど、歌うこととほとんどイコールであっただろう自分から声が失われてゆく過程を、いったいどんな気持ちで受け止めていたのだろう。その2010年の映像で、それでも何とか声をしぼり出そうとしてホイットニーが苦しそうに膝をあげるのを見て、わたしは号泣してしまったよ。本当にもう、声が出ないんだと思った。豊かな肺の膨らみに盛りあがる美しい背中をさらにおおきく広げてみせ、どんなときでもまっすぐに立って、世界と自分のあいだにはどんな境界も存在しないのだと言わんばかりに、どこまでもどこまでも堂々たる歌唱をしていたあの歌手が——膝をあげて声を出すのを見るのは、そのまま瀕死の白鳥の最後に触れるような思いだった。

2012 | 04 | 26

案ずるより生むが易しなのですか

Easier Done Than Said?

わたしも現在、妊婦なんだけど、まわりにもけっこう妊婦が多くて、話題になるのは「これから仕事どうするん？」みたいなことが多いのだった。わたしとおなじくフリーランスの妊婦（＝いっさいの保障がない！）友達もいるけれど、会社勤めで産休と育休をもらえる環境にある人が基本的には多くって、でも「ゆくゆくは、やっぱり辞めちゃうだろうなあー」ってみんな溜め息つきつきなのだ。

もちろんシングルマザーだったりしたら仕事を辞めるっていう選択肢はないわけだから ずっと働くのは前提だし、シングルマザーではないけれど、わたしもずっと働くつもり。でもわたしの場合は家でする仕事だったり、自分で時間をコントロールできたりすることもあって、育児と親和性が高いんだよね。これが会社勤めの人の場合だと、育休期間が終われば赤ちゃんをしかるべきところに預けなければならないし、預けるまでが大変（受け皿がほんとにないんだよ！）だし、預けてもその費用もけっこうかかるから、けっきょく「預けるためのお金を稼ぎに外にでる」みたいなちょっと本末転倒な気がしないでもない事態になっちゃって、ここがむずかしいところなのだ。

もちろん仕事を続けることのメリットは収入だけではないし、社会とつながってるっていうのは大事だし、赤ちゃんだって託児所なんかでほかの赤ちゃんと触れ合うことは成長にすこぶるよいのだという意見もあるけど、でも「収支がそんな具合なら、近くで子どもの成長に触れたい」と思う母親がやっぱり多くて、結果、会社を辞めちゃう人が多い。うーむ。仕事か出産か、なんてすっごい時代錯誤な悩みに思えるんだけど、ところがどっこい健在で、この国の子育てってのはやっぱり今でも「専業主婦」を前提にしてるんだなあって、事あるごとに思います。

でも、昔と違って男の人の稼ぎだけで家族みんなが生活できた時代っていうのはもうとっくに終わったことだから、これからは夫婦で共稼ぎっていうのが常識なんだけど、さっき言ったみたいな現実があるから子どもをつくるってことに若い人なんてとくになかなか踏み切れない。なにも贅沢したいとかそんなんじゃなくて、色々が漠然と不安になっちゃうのも無理ないよ。

しかし、いつか子どもほしいなって思ってる人ならば、やっぱりリミットも視野に入れて考える必要があるわけで。出産しようと何しようと、やりがいがあろうとなかろうと——そりゃあったほうがいいけれど、女の人はずっと仕事を持って、自分のお金は持っておくべきだとわたしは思うし（それは誰にも頼れない時がくるかもしれないから）、それを維持しつつ、子どもを育てるための——たとえば託児所を増やすとかそういう基本的な実施や政策なんかを期待してるんだけど、これがなんにもはっきりしないんだよな。政治家のおじさんたちにとっては「子育て」とかあまりにもぴんとこないんだろうけど（こいよって話だけど）、でも少子化ってほんと、国を揺るがす大問題なのにな。

まあ人間はどんな環境でも生まれてくれば育つっていう逞しさがやっぱりあって、何しろ戦時中にだって子どもはいつだって生まれてきていたのだと思うと、何も不可能ではないような気もするし……ほんと、条件だけでも生みたい人が適当に気楽に生める社会になってほしいものだよとか言ってたら、わたしいよいよ臨月だよ。

変身願望との付き合い方

変身願望って、多かれ少なかれ誰にだってあるものとは思うけれど、でもそのレベルが問題なのであって、これが少々むずかしい。

変身、といってもメイクやヘアスタイルや着るものをちょっと変えてみる程度のものからダイエット、そして整形手術まで、そこには様々な段階と方向があるからひとくちには言えないけれど、でも毎日を「昨日の延長」で生活してると、べつに確固たる不満はなくてもどこかマンネリというか、精神にくすぶりを感じるのも事実なのだった。なかなか使い切ることのないファンデーションや去年気に入って買ったけどこれも使い切ることのないアイシャドウなどを見てると、なんかこう、もったいないけど思い切って全部捨てて、新しいものに総とっかえしたくなるようなあの衝動。あれだってきっと変身願望のひとつだよね。

わたしはいつもおなじ人にお願いしているのだけれど、場合によっては初めてお世話になるヘアメイクやスタイリストのかたと一緒になることも多くて、そんなとき「仕事していて、いちばん困るタイプの人ってどんなですか」と質問することがある。すると「うーん、『自分はこれ!』っていうのが強くありすぎる人かなあ」と答える人が割に多くて、そしてその感じ、自分にも心あたりがあったのでどきりとした。

たとえばメイクさんや美容師さんたちは——まだ固定されたイメージがない相手に対しては、客観的にその人の顔とか雰囲気をみて「いちばんいいかたち」に仕上げようとしてくれるもので、そういう場合は、メイクされる側の「こだわり」とか「これまで」とか「思い」っていうのは、そんなに重要な要素じゃなかったりする。だから、こういうときに思い切ってメイクさんや美容師さんに身を預けることができたなら、それは「知らなかった自分に出会える」(こう書くとなんだかあまりに紋切りにすぎて照れるけど笑)機会になったりもするのだけれど、そう身軽にもなれないのが、つらいところだったりするのだよね。

「自分にはこれが似合う」「こうじゃないと」という固定観念が、はつらつとした自分のこれからの可能性をせばめてるのかも……って頭ではわかっていても、でも少々ネガティブな響きをもったその固定観念って呼ばれるものって、じつはこれまでの短くない人生の時間をかけて取捨選択、トライ&エラーの果てに積み重ねてきた、いわば自分にとっては戦友みたいな大事な何か、でもあるんだよね。

まあそういうのを潔く時期がきたらすぱっと捨てることができる女性がかっこいいのも事実だけど、ひとつのものを大事に貫く姿勢もまたかっこいいわけで。ここには実に色んな事情がからみあっているのだった。

「変ること、変らないこと」について考えるのは大事だけど、あまり気張らず、カーテンも窓枠も部屋の配置も変らないけど、でもときどきは窓を大きく全開にして空気をたくさん取り入れて風を通してみる、くらいの気持ちで、変化というものと付き合うぐらいの気持ちがいいのかも。そのためにハナコのような雑誌があって、色があふれ、ページをめくるだけで「行ってみたいな」「このレース素敵だな」なんて気持ちが湧いて、耳目に昨日とはちょっと違ういま、が更新されるような気持ちになる。まるで色とりどりの風の見本を隔週で届けてくれるみたいだね。

2012 | 08 | 09

The Shape of Beauty

美人の奥ゆき

美人とは何か、という質問に対しては訊かれた人の数だけ答えはあるだろうけど、わたしは「骨格」に尽きると思うのだった。骨格というと手足の長さなど体全般を思うかもしれないけど、とりわけ重要なのは、もちろん顔の形も含まれる「頭蓋骨」じゃなかろうか。

心あたりがないだろうか。いわゆる「素人じゃないよな……」というような美人とすれ違ったりするときに目に残る、何かが規格外であるようなあの感じ。「おっ」と思うような美人というのは、そう、漏れなく頭蓋骨の形がきれいなのだ。後頭部は後方にあくまでまるく、おでこはつるりとしたカーブ、岡崎京子氏の描く人物のように立体的。もちろん目鼻といったパーツやバランスも大事だけど、その「素人じゃない感じ」をつくってるのは、多くの場合その土台たる「骨格」にあるのだった。

「骨格」とは「奥ゆき」。それが写メであれ広告写真であれ、二次元のレベルにおいてならそんなにキレイでない人をものすごくキレイに見せることにかけてもはや不可能はなく、誤魔化しがきかないのは（肌は修正できるけど）やはり映像。このときにいわゆる美醜のレベルを分かつのは、「奥ゆき」の質によると思うのだよね。しかし日本人のほとんどは基本的に絶壁頭。悲しいかな、鉢が張って、横に広がり、そんなだから顔面だって自動的にフラットになる。欧米人のように後ろににゅーんと伸びた頭蓋骨をもつ人は珍しく、だからすごく目立ってみえる。いわゆる顔の美醜の価値に関しては欧米から輸入されたものがほとんどのわたしたち、そんなだから欧米人並の頭蓋骨に出会うと「何かが、根本的に違う」ってなふうにありありとその差を認識してしまうのである。目鼻やちょっとした輪郭ぐらいなら今日び整形手術で何とかならなくもないだろうけど、首から上の土台の造形を変えるのは至難の業、っていうか無理。顔のパーツが少々冴えなくても「パーツの整った日本人頭」より「パーツがいまいちな欧米頭」のほうが数段上の説得力を持つのだよね。メイクやダイエットといった努力とかお金なんかでどうにかなるものではないからこそ圧倒的な在り方をしていて、格の違いを見せつけられるのだった。

それで、わたしの頭の形は部首でいうと「亠」、あるいは椎茸のかさを縦にしたような、もしくはしゃもじのような案配です。小学生のときにポニーテールにしたシルエットがどうも決まらず、合わせ鏡で見てみたらあり得ないほどの絶壁頭であることに気づいたときのあの驚き。頭の半分がほぼ直角。耳の後ろからもう片方の耳の後ろを結ぶ線がほんとのほんとに直線なんである。乳幼児のときの寝かせ方とか、原因にはなんか色々説はあるけれど遺伝というのが有力みたい。絶壁頭のアフリカ人を見たことあるか、というのがその理由なのだけど、まあ、たしかにいないね。

人は見た目が10割というのは一理あるけど、その見た目のよさの8割ぐらいを占めるのは頭蓋骨の形と言っても言い過ぎじゃない気がしてる。もうね、絶壁頭に残された手立てはウィッグしかないわけで。帽子感覚でかぶるといいね（かぶっていたよ）。何でもいいから丸めて後頭部に入れておくと束の間の骨格美人を味わえるけど、やっぱりどこか淋しいね。

2012 | 09 | 06

買い巧者？ 買われ巧者？

To Buy or to Receive

得意なことよりも苦手なことが多いのは何もわたしに限ったことではないのだろうけど、「それにしても、なぜ、よりにもよってこんなことが苦手なのか」と、ふと疑問に思ってしまうこともある。わたしの場合、それは何かを「買ってもらう」ことであって、なぜこんなことが苦手なのか我ながら意味不明だったのだけど、みなさんはこのあたりいったいどういう具合だろうか。

人生の四季折々に――誕生日とかそのほかのお祝いなどでふと手渡されるプレゼントならば、人間関係における麗しい心遣いの応酬として素直に享受することができるのだけど（これも慣れるまでに時間がかかったけれど）、これが「買ってもらう」となると、なぜなのかとたんに体が硬直してしまう。

いくつか理由はあるのだろうけど、買ってもらうときにどんな顔をしてよいのかわからないというのがありますね。相手がお会計してるときの、あの何とも言えないじりじり感、本心から「ありがとう」と言ったあとも、なんかそわそわしてだんだん苦しくなってくる。申し訳ないような、考えてみればほんとはそんなに欲しくなかったんじゃないかとか、とにかくくよくよしはじめて、何かが間違っているような気がしてくるのだよね。

ほかには、自分の欲しいものは自分で買うから気持ちいいのであって、たぶんこれがいちばん大きいのだろうな。自分が一生懸命に仕事したお金で欲しいものを買う——ここがちょっといいんであって。ということはですよ、これは品物そのものへの欲望よりも「自分で稼いで手に入れる」という行為への欲望のほうが根本的に強いとも言えるわけであって、これはなかなかにマッチョな話ではあるのだった。おお。みなさんはどう。あんまりこだわりないかしら。わたしのこの何の役にも立たない快感の出どころは（役に立つ快感があるのかって話だけど）、経験による単純な刷り込みでもあって、十代で経済的に自立する必要があったこともあり、誰かに何かを買ってもらう、ということに基本的に慣れていないせいもあるのかも。慣れてないことに直面すると、やっぱり人はどこかしら緊張するものだから、なんか無駄にそわそわしてこれもだんだん息が苦しくなってくる。自分が誰かに何かを買うほうがよっぽど精神的には楽ちんなのだ。

しかし「買ってもらい巧者」としか呼べないくらいに恋人や親や夫などに物を買ってもらうのが巧《うま》い人が友人にもいて、見てるといっそ気持ちいい。なぜそんなに鮮やかに！というほど自然な流れで、彼らはいつだって欲しいものは誰かのお金で買うことになるのである。なので自分のお金は美容などに惜しみなく投入できるからそういう人たちはみんな揃って肌も艶々、手間暇かけてんなあ！と感嘆するほど、まあキレイなのである。快感のツボが違うから羨ましいなと思うことはないけれど、すっごく合理的な感じもするよね。買い与えたい人と与えられたい人の気持ちが一致して、さらに美容に投資もできて、それが誰の心も傷つけずに日々スムーズに進行していくのだから「自分が手に入れることのできない循環」がそこには繰り広げられていて、それは単純にちょっと眩しい。

そういや結婚指輪を割り勘で買おうよと言って夫に普通にひかれたよ。男の人に結婚の証明を買い与えられるのでなくて、お互いにプレゼントしあうって意味で、いいアイデアだと思ったんだけどなあ。

女子力、なんとか最後まで

Feminine Power, Till the End

　女子力、という言葉があちこちで使われるようになってもうそろそろ死語になるんじゃないのというくらいに久しいけれど、いまだに何のことを指すのかがいまいちわからない。おそらく「モテ」とか「ゆるふわ」と呼ばれる事態に関わりがあるんじゃないかと思ってるのだけど、それってたぶん、何か具体的なことをひとつ示してこれ！　って言えるようなものじゃないのだよね。なんというか「人間としての魅力」と言ってしまうよりは「女子としての魅力」と言ってしまいたくなるような全体的に柔らかく安心できる雰囲気に包まれており、それは女でも少女でもない場所から匂いたってくるものなのだろう。

　わたしの知人に「こういう人が女子力が高いといわれるのだろうね」と思わざるを得ない人がいて、彼女はいわゆる超弩級の恋愛体質。恋愛の成就のないところに幸せなどあるわけもなく「幸せとは恋愛と共にあり、恋愛とは切っても切れないもの」と固く固く信じている。恋人がいるときは実在するその人、フリーのときはまだ現れぬ架空の恋人あるいはその予備軍、つまり常に他者を中心とした生活を送っているのであって、恐れ入るぜ。

でも、そういうのって見ていてちょっと可愛らしい。狙ってる人と、どうにかなれるかもしれない感じで会う約束をした数週間前から徹底的にダイエットをして絞り込むのはもちろんのこと、スキンケアには一日3時間以上をかけて、衣服や下着には清潔なアロマの香りをさりげなく染み込ませ、なんとなれば食べ物をチョイスして体臭までをコントロールする徹底ぶり。そして自分の努力のみならず、もちろん超自然の恵みのパワーも忘れない。恋に効くといわれるローズクウォーツ石を両方のブラに忍ばせて運気もアゲアゲ、ある日、初デートに出かけていった。服装は鈍いと思われない程度のコンサバで、相手の好みによってはこの先いかようにも化けられまっせという余地を残し、髪は巻きすぎず、お化粧も古くなく若作りしすぎずの、ええ案配。座ったときに太股が仕方なく見えちゃって的な長さのスカートをはき、予定どおり想定どおり、ナイスな感じでデートの時間は過ぎていった。

本音と建前があるのは何も女子に限ったこ

とではないけど、この作り込みの徹底ぶりを聞くにつけ、しかしそれで通しつづけるのはしんどいし難しいだろうと思うのだけど、彼女によると、恋愛とは「そんなふうに化けてる自分」も込みのいわゆる甘い非常事態であって「かわいく化けた自分」を求められないと、意味がないのだそうだ。そう。恋愛とは非日常。忘れがちだけどこれは確かなことであり、逆から言えばそれがある限りにおいては恋愛はある程度、持続されるのだから、化けつづける根性さえあれば恋愛の賞味期限なるものに脅かされずに済むのである。すっぴんを見せず裸を見せず、心地よい緊張感をつねに醸し、生活感なんてないことにして生きていく。巷にあふれる「ありのままの自分を愛してほしい神話」を「青いこと言うてんな」と一蹴するようなこんな思想では、一緒に住んだりすることはほぼ不可能なんじゃと思うのだけど、しかし彼女ならやり抜いてくれるかも、化けたまま生きて死んでゆけるのかも、と思わせるほど、地肩がいいというかなんというか、まあ頼もしいのだった。

いまさらあなたは恋愛体質?

Still Inclined to Fall in Love?

「モテる人」ってどういう人か、について考える前に、そもそも「モテ」というのがいったいどういう状態なのかは人によるし、色々なところでこれまで長らく議論されてきた。人の数だけ持論があって、言い分も言い訳も、そりゃあたっぷりあるだろう。しかし、やっぱり「ああ、この人は、そらモテはるやろな」と瞬間的に腑に落ちる人、というのは確実にいて、おそらくは無数にあるだろう彼ら彼女らの単純な共通点に、わたしはこのあいだはたと気がついたのだった。

もちろん、見た目からして思いっきり不潔である、とか、ちょっとしゃべっただけで性格が極悪であることがわかる、というド・マイナス出発でなければの話ではあるのだけれど、「モテる人」がなぜ常にモテるのかというと、それは単純な話であって、常に「恋愛の可能性の中にその身をおいているから」にほかならないのだった。

これがどういうことかと言いますと、たとえば。ふつう、仕事や友達と顔を合わせるときには、意図するにせよ、しないにせよ、恋愛感情って結果的に立ち現れないようになっているじゃないですか、疲れるし面倒臭いし、意味ないし。しかし「モテる人」というのは、自分が結婚してようが恋人がいようがいつ何時であっても目の前の異性——それが何十年来の腐れ縁の友達であれ、教師であれ上司であれ、そして人の恋人であれ、「この人と付き合ったらどうなるかな」という「恋愛の〈たられば〉」をなぜなのか常備している・できる人種なのである。これは「どんなときでも女性であることを忘れない」というのとはちょっと様子が違うんであって、いわゆる「女性であることを意識する」っていうのにはいくつかの層がある。メイクやおしゃれに気を遣うというのは、その初段なのであり、それは必ずしも恋愛の現場へのアクセスキーであることを意味しない。「そこにいるだけでなんだか自動的に恋愛に接続されている感じのする人」というのは、メイクをせずともおしゃれをせずとも毅然と存在するもので、先に述べた「恋愛の〈たられば〉」を、それこそ会う人、同席する人すべて（もちろん、まったく好みでない人に対しても平等に！）に惜しみなく発揮することのできる人たちなのである。

その思考の雰囲気が相手にほやややんと伝わることで、そんなふうに接せられた人々は、あら不思議、自分までなんだか恋愛の粉が振りかけられたような、なんかちょっといつもの感じでない空間にいるような、恋愛の舞台のキャストとして登場させられてるような気分になって、そこがささやかな非日常＝恋愛の入り口と化していることに、ほんのりうっとりすると、こういうわけであるのだった。

そう。わたしの友人にもいる、女性から見るとなんかちょっと野暮ったい感じがするのに激烈モテる女の子というのは、媚びているのでもなく、狙いにいってるのでも演じているのでもなく、単に、常に、目の前の人との恋愛の可能性を手放さない、いわばシミュレイション・ジャンキーたちなのである。それが現実の恋愛に発展するかはどうでもよくて、肝心なのは、常に自分と目の前のすべての相手を恋愛の可能性の中に登場させること、なのだった。

書いてるだけで面倒臭くなってしまうわたしなんかはモテの対極にある人種である。自然に立ちあがる「恋愛の〈たられば〉ソフト」は努力でどうにかなる気もしないから、やっぱモテって生まれつきなんだろうぜ。

イノセンス・バニッシュ

Innocence Vanishes

インタビューなどを受けたりすると、だいたいは作品や仕事の話で終わるのだけど、たまーに自分自身のあれこれについて聞かれることがある。そういうとき、もう思いだすこともなかっただろうなあというようなことに図らずも再会することがあって、今日はそんな話。

たとえばこのあいだ、唐突に「どんな大人になりたいお子さんでしたか」というような質問をされて、ちょっと考えこんでしまった。わたしは一刻も早く社会に出て、手に職をつけて、自分でちゃんとお金を稼げるようになりたい、という以外の望みがほんとうになかった子どもだったので、「**になりたい」とか、あるいは「**が好き」とか言ってポスターを壁にはったりとか、そういう憧れめいたものへの思い出が、ほんとうにいっこもない、そんな感じなのだった。いま思うとつまんないですよねえ、なんてそんな調子で話していると、ふっと、思いだしたことがあった。それは憧れとも夢とも少し違うのだけれども、でもひとつだけ、本当に好きなことがあったのだ。それはご存じ、「お母さんごっこ」。リアリストすぎる子どもだったせいか、あるいはそれゆえにか、とにかくわたしは「お母さんごっこ」という遊びが、心の底から叫びたいくらいに本当にもう、大大大大大好きだったのだ。

近所の子どもたちを誘って集めて、いつだってわたしは「お母さんごっこ」をやっていた。やっていないときは近所を歩き回って「家」とか「学校」とか「病院」とかに使えそうな、建物のちょっとした部分などを念入りにリサーチするというあんばい。そんな「お母さんごっこ」で作った嘘の世界はつぎの日もまたつぎの日も保存されて、夏休みなんかはまるでもうひとつの人生がべつにあって、そっちが本当みたいに思えてそれがすごくうれしかった。いま思えばそれは、わたしにとって楽しいとか遊びを越えた、何か救いのようなものだったんじゃないかとさえ感じるほど。小学生だったわたしは自分の人生を抜け出て、架空のお母さんや学校の先生になって、そっちの世界を生きることに文字通り全身全霊で打ちこんでいたのである。まじで。

でも中学校にあがってしまうと、自意識の

質ってあっというまに激変して、友達も変わるし、遊びも変わる。ある日、どこにいくでも何をするでもなく友達と一緒に自転車で近所をうろうろとパトロールしていたときのこと。「暇やなあ、何する？」と、そのちょっと大人っぽい雰囲気の新しい友人が気怠《けだる》そうに言うので、「あ、そしたらお母さんごっこは？」と、わたしはごくごく当然の選択肢として、提案してしまったのだ。しかも自信満々の顔で。もちろんみんな（え、何ゆってんの。お母さんごっこて、え、正気？）みたいにきょとんとして、すっごいひかれたんだよね。そして、それが、何というか、すっごい悲しかったんだよね。思えばあれが、わたしのイノセンスの消滅だったなあ。そして、それが暗く苦しい思春期のはじまりだったのだなあ。友達のどん引きする顔を見たあのときに、わたしは自分の子ども時代が終わったのだと、もう同じ場所にはいられないのだと、それは本当に本当に深いところではっきりと思い知ったのだった。そんな、景色も時間も思いだせるあの瞬間を、そのとき思いだしたのだった。そしてこの先の人生であと何回、こんなふうな明確な「終わり」を知ることになるのだろうかと、これまたぼんやりと思うのだった。

2013

息子が一歳を迎える年で、赤ん坊のイデアそのものにふれているような、そんな一年間だった。初めてのことが多く、いろいろな感情や葛藤があって、その体験記もしっかり書いて一冊の本にまでしたはずなのに、いま思いだすのは何かといえば、これ以上はないというくらいすこやかな日々だったという感触なのだからすごいよね。どの瞬間もそうなんだけど、かけがえのないものが、かけがえのないものにしるしをつけてゆくような時間だったと思う。何に感謝すればいいのかわからないけれど、文字通り「それが有るのは本当は難しいんだよね」という意味で、ありがとうという気持ち。

2013｜01｜04

エライんである

　エライんである、というのはべつに「偉い」というわけでも何でもなくって、「大変で、もろもろが、相当に、キツイ」という感じのときに使われる、大阪弁であるのだった。

そう、わたしはエライんである。どこが？　もう、体が！

　いやあ、妊娠&出産がこんなにエライもんだとは知らなかった、と言いたいところなのだけど、や、そりゃ知っていたのである。これまで友人や知人や先輩などなどの経験談をわたしはいやというほど聞いてきたのだし、大変さやしんどさ、生活がどのように激変するかなどなどの諸々——だいたいのことはそれなりに理解しているつもりでいたのだ。

　だけど、実際に妊娠&出産をしてみると、聞いてきたことはすべてそのとおりなのだけど、何もひとつも間違っていないのだけれども、もう、全然違うのである！　そう、これまでの理解はやっぱりどこまでいっても言葉によるそれであって、その理解からは、当然のことながら「身体」だけがごっそり抜け落ちていたのであった。

たとえば「8ヶ月くらい、毎日2時間しか眠っていません」という文章というか報告を聞いたり読んだりすると、「うわ、大変そうだな、つらそうだな」と素直に共感できるのだけど、実際にそれを経験することと、その共感っていうのは、何にも関係がないことなのだと、今回そういうことを思い知ったのだった。身体知っていうんですかね、身体の、そして身体にかかわらず精神だって、そのしんどさの本質っていうのは、どこまでいっても自分だけのものなのだ。つまり、この身に起きていることの一切は誰にも伝えることができないのだ——という何だか当たり前のことを、ひどく痛感するばかりなんだよね。そしてそれが、ひどく堪えるんである。

このあいだ偶然に辿り着いたとあるブログで、24歳くらいで赤ちゃんをお生みになった女性タレントが授乳、夜泣き、その他諸々の身体にまつわるつらさを記していた。だよねだよね……なんて思いつつ読んでいたのだけれども、「ああキツイ。マジでキツイ。でもこれが20歳だったらマジで余裕だったのに」的なことが書かれてあって、思わずわたしはオウ、と声を出してしまった。24歳なんて若い以外の何でもないのに、それ以上どうしたらぴちぴちのハリハリになれるのかっていうくらいの年齢なのに。ちなみにわたしは36歳で、36歳が体力的&全方位的にキツくて20代だったらまた違ったよね、というのはわかるのだけれど、24歳が20歳の身体を求めるということに、よくわからないけど、新鮮さというか、とにかく衝撃を受けたのだった。

そう、人はみな、やはり現在を取り逃す宿命に晒《さら》されているのである。若さなんてその最たるものだね。今が最年長であるのは事実だけれど、10年後からみた今の自分がどれだけその若さを享受しているのか、ということには、どうしたって気づけないつくりになっているらしい。そう、その渦中にあっては絶対に気づくことのできないものを、わたしたちは生きている。最年長を生きている今が、裏を返せばいちばん若い今でもあるという、矛盾するけどやっぱりそうだよね、と肯《うなず》いてしまう、この感じ……。今が最高でーす♡なんて芸能人やアーティストが自信満々に言うの、なんか嘘っぽいなあと思っていたけど、気の持ちようでもなんでもなく、案外それが真理なのかも、と思わなくもない今日この頃なのだった。

女の子の最後の魔法

Hanako読者のみなさまがた、あけましておめでとうございます！　今年もどうぞよろしくお願いいたします、ってご挨拶しながらも、しかし年々、お正月が短くなっているような気がしますよね。二週間くらい休みがあってやっと三日間ゆっくり休んだわ、ぐらいに感じるのじゃないかと思うほど。元日だってどこでも普通に開いてるしね。やー、日本のみんなは働きすぎなんじゃないかと今更ながら思います。貧乏性というよりは、休むことに罪悪感をどこか覚えてしまう、そんな気質なのでしょうか。でしょうねえ！

一年をふりかえるとわたしの場合、出産があったので、とくべつといえばとくべつな一年だったけど、いちばん身体に沁みているのは、やっぱ「痛い」ってことだった。無痛分娩で出産に臨んで、それで色々あってけっきょくは帝王切開になったので、陣痛は10あったら3くらいのしか味わわずに済んだのだけど、しかしこれが。お腹を切ったあとの傷の痛みが、これがもう、いま思いだしても身体がぶるっと震えるほど、ものすごく大変だったです。

「傷いたみ」には個人差があるらしく、帝王切開も平気な人はあんがい平気らしいのだけど、わたしは本当に痛かった。激痛、というのを初めて知った気持ちだよ。ベッドから起きあがるのに何十分もかかり、どんなに小さいものでも咳をしようものなら油汗がでるほどで、しかし傷の癒着を防ぐために翌日から歩かねばならず、大袈裟ではなく、一週間は本当に泣きながらの生活だった。

もう二度とこんなのは無理だ、今まで知人が手術を受けたときいても、手術じたいの大変さなんて全然わかっていなかったな、など「身体を切る&その痛み」についての思いがどばっと更新されたのだけど、そこで思い至るのは、顔や身体に整形手術を受ける女の子たちのガッツ&その他もろもろなんだよね。

心情的にはのっぴきならないものがあっても、本来は切らなくてよいところを切ったり、縫ったり、詰め物をしたりする。それは、どれほどの激痛だろうか。これまでも「大変だろうな」とは漠然と感じてはいたけれど、その想像は今後におけるメンテナンスのこととか、かならず老いてくるその他の部分との兼ね合いの問題をどうするのかとか、どちらかというとやはり心情に寄り添った大変さだった。しかし今はっきりと感じるのはその痛みについての大変さであって、あんな痛みに耐えてまで（もっと痛いのかもしれない）自分を変えようとする、変えなければならないと思う、あるいは、変わることを要請される社会の価値感その他もろもろのそのすごさにただ驚き、そして——やっぱり少しじんとしたりもするのだった。女の子たちの切実さや、決心に、というか。誰に文句がいえるだろう。お金以外の代償をきっちりと払って、たしかな痛みとひきかえに、女の子たちは変身するのだ。これはまるで人魚姫ではないか。もちろん、きれいになったり、生まれ変わるために、苦労したり痛みをひきかえにする必要などないのだけれど。

そう、みんな魔法にかかりたいのだ。メイクもファッションも何でもそう。ただ整形手術はダントツにハードで、その傷の痛みをつうじて、わたしの中のどこかがすごく揺さぶられてしまう。今もどこかにいるだろう、痛みに耐えながら生まれ変わろうとする自分を抱えて、ひとりでうずくまっている女の子のことを思うと、何ともいえない気持ちになるのです。

2013 | 02 | 14

さようならイノセンス

Goodbye Innocence

あるいはこれは、わたしとおなじくらいの年齢の女性には、もしかしたらけっこう頻繁に起きることなのかもしれないけれど、最近、なぜか自分が子どもだったころのことをよく思いだすのだよね。それは何かひとつの出来事だったり風景だったり遊んだ誰かのことを思いだす、ということではなくて、ものすごく感覚的なこと。たとえば、ネットでみかけたあるワンピースの柄をみたときに、味のような、においのようなものがぶわっとわきあがってくる、というような。

その成り立ちの順序をふつうに想像してみれば、「そのワンピの柄が子ども時代に着ていた洋服を想起させて→その洋服を着ていたときに食べたものの味や、かいだ匂いを思いだした」って流れなのだろうけれど、そのワンピの柄にも、こみあげてくるにおいや味にも、こちらはまったく覚えがなく（むしろはじめて味わうようなものばかり)、しかし、それが「子ども時代に起因している」ということだけがどういうわけかはっきりわかり、そして、その感覚がやってくると、決まって、ものすごく悲しくなるのだ。

いわゆる不定愁訴のように心身にしんどさがあるわけではないし、悲しいくらい、べつに大したことではないのだけれど、1日のうちにこういうことが何度も起きると、けっこうふらふらになるのだよね。何かが目に入ったり入らなかったりする加減で、一瞬にしてどこか知らない——場所ともいえないような空間に連れ去られてしまうような感じで不安になる。そしてその不安は、子どものころに日々、漠然と感じていた名づけようのない大きな不安に直結して、すっかり大人になってしまった今のわたしをぐらぐらとゆさぶって、その具合たるやまるで何かを訴えているかのようなのだ。そう、最後の胸騒ぎというか、お別れの合唱というか、とにかく「あなたの中で終わりつつあるのを今しっかり認識しなさいよ」と言われているみたいなんである。

それでいったい何が終わるのかと考えてみれば、やはりそれは子ども時代から連綿とつづいてきていた、おそらくイノセンスな心象なのだろうと思う。36歳といえばすでに人生の折り返し地点、そして子どもが人生に登場すると自分の人生の半分が完全に終わるというか、完全なる脇役になるというか、とにかく、これまでの自分を形成していた流れのようなものがぶつりと断絶されるのを、はっきり実感する。そう、これまで自分を苦しめていたものの、また機嫌をよくしていたものの、その激しさの濃度がだんだん薄まっていくというか。落ち着く、平和、停滞、あきらめ、安心……そのどれとも違う変化が、目の前にさあっと広がってる感じ。まだずいぶん若いころは「いつまでこのしんどい思春期を生きればいいのだろう」と、それはそれで不安&うんざりだったけれど、人はおなじ場所には長くいられないというか、耐えられないというか、よくも悪くも生きている限りはこのように変化せざるを得ないのだなあと、そんなことをぼんやり思う最近です。

このところわたしを不意におそうめまいのようなあの脈絡はないけれど子ども時代からやってきてわたしをゆさぶる感覚は、イノセンスのほんとに最後のひとふれで、もう少ししたら完全に、わたしを去ってしまうのだろうと思う。そしてこんなふうに感じたことも、悲しかったことも、いつか何にも思いだせなくなるのだろうなと、そう思う。

2013 | 03 | 28

名前にまつわる二、三の事情

Two or Three Things I Know About Names

子どもの頃から執着してきたものって、とくになかったけれど、しかし「名前」にかんすることだけはべつだったなあ。少女漫画や物語の登場人物たちの名前がなぜあんなに眩しかったのだろうなあ。それは、あらかじめ与えられたものを認めたくない、何かまったくべつの世界があったかもしれない、という期待や気持ちの強さだったのだろう。

顔、スタイル、出生地、親……などなど、生まれながらに選べないものってほんと多くて（っていうか選べないものしかないくらい）、「名前」っていうのはそれらの象徴みたいなところがある。そう、「名づけ」っていうのは、いちばん最初に受ける権力の行使でもあって、小さい頃のごっこ遊びでべつの名前をつけて呼び合ったりしたあれっていうのは、きっと「自分で自分を名づけなおす行為」だったのだ。

男の子みたいに「夢は総理大臣になることです」「宇宙に冒険に出ます」なんてことを、さらっと言えるような、環境も発想も持てなかった女の子たち。それはつまり、女は最初から最後まで、大文字の「世界」を変えるような現実的なシステムにかかわることはできないんだってことが、当たり前の雰囲気だったということ。そんな中で、「自分で自分を名づけなおす行為」っていうのは、お母さんかケーキ屋さんか、お花屋さんくらいしか（そう言うと安心されることも女の子たちはちゃんと知ってるわけだけど）夢を語る選択肢がなかった女の子たちの、違うところへ出ようとする小さな意志だったのかもしれない。

何でもないあれらの遊びは、じつはべつの世界につながるための、のっぴきならない切羽詰まった行為だったのかもしれない。女の子たちに起こせるかもしれない革命っていうのは、たぶんきっと、ずっと、そういうものだったように思う。

さて、名前にまつわるエピソードで印象に残ってる&とても気に入ってるものがあって、それは作家カート・ヴォネガットのお姉さん、アリスの話。

ヴォネガットはいちおうSF作家として知られてるけれど、そういうジャンルや作法は関係なく、わたしにとって、「ああ、この人のつくるものに出会えて本当によかった」と深く強く思える人のひとり。ものすごく悲しくて、皮肉屋で、そして愛情深く、恥じらいの人だった。座右の銘とかとくにないけど、自戒とともにつねに頭にあるのは「愛は負けても親切は勝つ」という彼の名言。もしこの実感を世界のみんなが少しずつでも自覚することができれば、世界の何かがちょっと変わるんじゃないのか……と本気で思ってしまうくらい、大切なことがこめられていると思います（ちなみに小説「タイタンの妖女」はわたしの最も好きな小説というくらいに大事な本で、超絶おすすめです）。

お姉さんの話にもどると、ヴォネガットの話によく出てくる彼女は芯のぱりっとした格好いい女性、しかし41歳という若さでこの世を去ってしまうのだけど、その臨終の間際まで言っていた言葉は、いつもの口癖、「わたしの本当の名前はアリスじゃない」。アリスという名前のもつイメージにほんと、苛々してたんだろうなあ！　さすがヴォネガットのお姉さん、ほんとうにほんとうに最高ですよね。

2013 | 05 | 09

The Loneliest State of Being

孤独の最小単位って

すっかり春も深まって気がつけば風も爽やか、雰囲気はもう初夏のそれですね、とか挨拶したいのだけれども、これを書いている今はなんだかまだ肌寒くって、いったい今がどちらの季節へ向う直前なのか、一瞬わからなくなる。みなさんお元気でいらっしゃいますか。

先月、はじめての短編集『愛の夢とか』を刊行したので、それにかんしてのサイン会をしたり、インタビューを受けたりなどなど、人に会って話をする機会の多いこの頃。ふだん考えてることや、こんなことがあったぜ的な出来事については連載エッセイなどで書くけれど、すでに書いてしまった小説についてのあれこれを話す、というのはこんなときぐらいなので、気持ちもこう、しゅっとするのだった。とはいえ、自分の書いた小説について話すことは、すごく難しい。自分について話すこととはもちろん違うし（これだって難しいけれど）、ほかの誰かが書いた小説について話すこととも違うし、話しているうちに誰の何について話しているのかが、よくわからなくなってきたりするのだった。

よく質問されるのは「どういう気持ちで書きましたか？」とか「メッセージ、あるいはテーマはなんですか？」といったようなこと。小説の書き方は人それぞれで、「ようし、こういう気持ちで、読んだ人がこういう気持ちになる小説をきっと書くぞ！」と最初から思う人もいれば、何にも考えず雲の流れる様をみやりただ最初の一文字をじっと待って「どれ……」と書き始める人などなど、まあ色々だろうけど（わたしの場合は作品によってぜんぶ違ったりもするのだけど）、しかしそういった質問には、いちおうはちゃんと答えることができる。けれども、肝心なのは（というか小説のすてきなところは）、いくらその小説を書いた本人がその小説についてあれこれ話をしたとしても、やっぱりその答えっていうのはその小説にはどこまでも関係ないという点です。いったん書かれてしまった小説というのはいつだって宙づりに存在しているもので、言葉がそうであるように、もう誰のものでもなくなってしまう。もちろん正解なんてあるわけないし。だから、インタビューを受けながら、その小説を書いたときのこと、気持ちや、いろんなことについて話すのだけど、話せば話すほど「わたしはいったい何を話しているんだろう?」と、だんだん不思議な気持ちにもなるのだった。そして、作者とはいえやっぱり一読者であることにはかわりないよな、という実感(まあ、少し奇妙な読者ではあるのだけれども)も。

しかし技術にかんすることは、それとは少しべつのところにあって「何ができていて何ができていないか」ということは——ちょっと変な言い回しになるけれど、少なくとも「自分でわかるところにかんしてはわかる」。それはたとえば料理をして食べてみたときに、全部はわからなくても「何がよくて、何がよくなかったのか」が、ある程度わかる感覚に近いのかもしれない。いつでも「おいしい」になるように努力しつつ、扱える食材も品数も多くなってゆく、その過程にも似てるのかも。でも、記憶に残るのは「これは再現不可能だな」と思えたとき。すべての修練はその果てにある自分でも説明のつかないそんな「奇蹟の一品」を、目指しているのかもしれないね。

ところで、孤独の最小単位って「ひとり」じゃなくて「ふたり」だって思いませんか?『愛の夢とか』は——奇妙な読者の一感想としては(笑)、なんだかそういう作品集のような気がします。

金縛りのすてき

この数年、金縛りらしい金縛りに遭っていなくて、わたしはとても淋しい。

とか書くと、なんだか奇特な趣味の持ち主、みたいに思われるかもしれないけれど、しかしわたしは金縛りが大好きなのだ。や、正確にいうと、金縛りが大好きなのではなくて、金縛りを入り口としてやってくる、そのあとの状態――いわゆる「明晰夢《めいせきむ》」と世間では呼ばれているやつですね、それをみるのが大好きなのだった。

金縛りのメカニズムにかんしては諸説あるけど、疲れすぎというのがひとつ、ありますね。体は眠っているのに脳の一部が起きてしまって意識だけがある。しかし体が動かない、みたいな認識になるっていう話があって、個人的にはとてもしっくりくる説明だったりする。

わたしの金縛り初体験は14歳で、ものすんごく驚いたし震えるほど怖かった。「霊」とか思うとなんか黒っぽいのがこっちにうようよやってくるし、とにかく恐ろしいイメージてんこもりで、必死にお経を唱えたりしたものだ。しかしその後、何年も何年も金縛りを経験するうちに「金縛りの状態で想像したことは実現する」ということを発見してしまい、それが「明晰夢」と呼ばれる状態であることを知ったわたしはそれ以降、「金縛り、くるかも」という予感があれば「超ラッキー♪」と本気で待ち焦がれる体たらく、すっかり「金縛り＝明晰夢ジャンキー」化してしまったのだった。

そう。金縛りに遭ったとき、それはものすごい快楽を味わうチャンス。なんでもいいです。「体が固まった！」と思ったら、最初はちょっとどきどきするけど、空を飛ぶとか何かと一体化するとか美味しいものを食べるとか、そのほか性的快感でもなんでもいいので、「気持ちよくなる」的なことを、思い切り想像してください。するとアラ不思議。現実世界では味わったことのない感覚で、その快楽を思う存分楽しむことができるのです。たとえばふつうにみる夢で空を飛んだりするのとは比較にならない感覚で、ほんとに空を飛んでる感覚を楽しめる。とにかく、全方位、ちょっと考えられないほどの万能感で満たされて、その気持ちよさは文字通り筆舌に尽くしがたいものなのだった。

　黒いもの、とか、怖いもの、がわらわらでてきた原因も、ここにあるんだよね。金縛り初心者だったわたしは「金縛り＝幽霊」とか、とにかく恐ろしいイメージしか持っていなかったために、そのイメージがそのまま形になってしまっていたというわけ。怖いものというイメージを即座に捨て、すてきなこと、気持ちいいこと、ふわふわする感じのこと……金縛りが来たらまじでラッキー！　とばかりにそういうもので世界を満たしてみてください！　現実の肉体の重さを解放して、その感度だけを抽出したもので作られた精神になって、想像する快楽のすべてを深く深く味わえること請け合いです。金縛りはそんなことを可能にする明晰夢の入り口というかチケットというか、とにかく金縛りがなければ始まらない、という感じなので、みなさん、金縛りに遭ったら思う存分、楽しんでくださいね。

そんなわたしは最近、これまでの人生でいちばん疲労困憊しているはずなのに、どういうわけか金縛りから見放されて、ただただ質の悪い睡眠ばかりで、悲しい日々だよ。ああ、金縛りに遭いたい。ほんとに遭いたい。毎晩遭いたい。1回1000円ぐらいだったら週5で頼みたいほどですよ。

さらば舞台

当コラムにもたびたび登場するヘアメイク&友人のミガンとこのあいだ話していたときのこと。互いに既婚で、小さな子どももおり、そしてミガンは第二子を妊娠中という怒濤の状況なのだから、話題の中心はどうしても「生活」になる。しかし、たまにではあるけれど、まあ、恋愛について盛りあがることもあるのだった。

とはいえ、そんなわれわれが進行形の恋愛について語るわけもなく、内容はどうしたって、もっぱら「失われた恋愛」についてになる。いや、「完全に失われた恋愛」についてなら気持ちもさっぱりしたものだけど、どうも話をしていると、「いま失われつつある恋愛」、つまり、「いま自分が恋愛をする主体として、どれだけ快調に終わりを迎えようとしているか」についての話というか、報告会みたいになるのだった。

恋愛とはなにも新しい人を好きになったり恋に落ちたりすることだけを指すのではなくって、「他人から性的な好奇心を含んだ好意を抱かれる」というのも、まあ、恋愛にある無数の要素のひとつであると思う。ひらたくいうと「モテる」限りにおいては、自分にその気がなくても、恋愛の土壌に存在している、というわけだ。もっとひらたくいうと、「わたしまだイケてるかも」と思えることとの、恋愛的安堵というか。

経験者はお心当たりあるかと思いますが、妊娠&出産というのは、この「恋愛的安堵」の対極にあるものでして、これを経てしてなお、恋愛の土壌に復帰することの難しさはこれ、想像を越えたものがあると思う。

まず、自分をケアする時間が完全になくなるので向上心や情熱がそがれてゆく。それから具体的な、体の変化に直面して、心がしなにしぼんでしまう。それを受け入れるには「わたしは違うステージに移行した」とでも思わなければやりきれないような、そんな具合になるのだった。そんなふうに急激に「恋愛をする主体のある部分が終わってゆく」という感覚がたしかにあって、ふだんそういうことを自分のこととしてはあまり考えない質《たち》のわたしであっても、感じざるを得ないものではあったものな。恋愛だって仕事だって「いまは自分がそういうノリじゃないので休憩しているけれど、落ち着いたらいつだって、わたしがその気になったらさくっと現役復帰できるわーい」と思っている人も多いと思うけれど、いざそのときになってみると……。もう以前のようにはならないのだな、という実感が押し寄せないとも限らない。メイクとかさ、ファッションとかさ、自分の好きなものを着たり、定番のメイクさえできてれば基本だいじょうぶ、みたいに思いがちなんだけれど、これにも安心してはいられない現状というのが確かにあるのよね。

そう。仕事、恋愛、人間関係、それが何であっても、ある「舞台」から自分がいなくなってしまうのは、それはそれで、しょうがないことなのだ。ただ肝心なのは、その舞台を自らが降りたのか、あるいは降ろされたのか、ここが大きな問題なのかもしれん。まあ、降りても降ろされてもそこに舞台がある以上、つらいといえばつらいのかもしれないけれど。

だから健康的で幸せなのは、仕事であれ恋愛であれ、そこに「舞台」があったことを忘れるくらいになることだよね。そういうふうに年をとってゆけたら、なんか、楽なような気もする。

2013｜12｜19

初めて出会うお友だち

First Time Friends

先日、同窓会に出席してきた。クラス単位ではなくて中学時代の学年全部が対象で、四百人中、六十人が参加ということで、それって多いのだろうか、少ないのだろうか。行方不明というか住所不明の人たちが百人以上いて、しかし残りの三百人近くには知らせだけは届いているというわけなのだから、そう考えるとちょっと少ないような気もするね。

こういうのに参加したのは初めてだったけど、感想は、しみじみ「同窓会って不思議なものだなあ」というような。みんな、友だちとまでは言えなくても、いちおう三年間ほどは顔を合わせ、すれ違って、時間や場所を共有した「知人」なのだけど、目の前にいるみんなは——男性も女性も、ほとんどの人が激変しており（見た目が）、特に親しく過ごした思い出がない限り、顔のどこを見て何を根拠にどんな話をすればよいのか、わからないのである。名前は記憶にあるし、所属していたクラブも知ってたような気がするけれど、一言二言話せばもう間が持たないというか。最初は「うーん、困ったな」って感じだったけれど、それでもじりじりしながら世間話などをしていると、奇妙なもので、なんか、だんだん分かってくるものがあるんですよね。それは何かを「思いだす」というのとは違う感覚で、「早送りで友だちになる」とでもいうのでしょうか。あるいは「友だちに、初めて会う」というか。とにかく、普段の人付き合いの中では味わえない関係の中に放り出されて、自分がいつの自分でいつの誰と話しているのか、ちょっとした不安も漂っていて。「懐かしい」という一言でとうてい括ることができない、なんとも不思議なひとときだった。

そして同窓会といえば何人か先生も参加したのだけれど、時代というか何というか、や、あくまで個人の問題だとは思うけれど、時は体罰真っ盛りというか、そんなの日常茶飯な日々だった。今なら新聞沙汰というか刑事事件というかそういうレベルの体罰が当然のように行われていたのだけれど、その物凄い体罰の先生も参加していて、どんな険悪なムードになるかと思いきや、それがみんな普通に接しており（わたしも）、体罰の話題もけっこう出るのだけれど自然に笑い話になっており、それもなんだか不思議だった。どう考えてもぜったい笑い話になんてできない質と量の、あれは暴力そのものの体罰だったのに。

こういうゆるやかな容赦というか勘弁って、どうして可能になるのだろう？　単純に「時間が経ったから」とは言えないような、またべつの作用があるようにも思えてしまう。

思うに、「そういう時代だったんだし」という理解が、生徒だったわたしたちの側にもちょっとあるんだろう。「あの当時、体罰を受けたのは自分だけじゃない」っていうことで体罰を受けた経験が相対化されて、「個人的には大したことじゃなかったんだ」みたいな感じになり、時代と役割を憎んで個人を憎まず、みたいな感じになるのだろうか。

もちろん参加しなかった卒業生の中では許すことのできない人もいるだろうけれど、少なくとも同窓会の場ではみんなが打ち解けて、本当に笑い話になっていたんだよね。そしてわたしも、ぜんぶをすっかり覚えているのに、べつに怒りみたいなのって不思議なくらいにないのが不思議で、なぜこんなことが起こるんだろう。どういう状況であれ、自分が振るわれた暴力なんて許せないのが当然なのに。懐かしかった、とか、愉しかった、よりも「ものすごく不思議だった」という感覚が残った、そんな同窓会でした。

2014

この年はスイスとフランスに行ってシンポジウムに参加したりプロモーションなどをした。パリは夜の光がきれいで、スイスは静かで美しかった。当時、自著の版元だったアクト・シュッド社の緑が優しくもえる庭で。出版社で飼っている猫がやってきて、手をのばしてみると抱かせてくれた。大人しくてかわいらしい猫で、わたしは猫を抱くのに慣れていなかったので（今も）どきどきした。

2014｜02｜27

オラオラの成分

　わたし自身、こういう異性が好きだとかタイプだとか、そういう傾向めいたものがほとんどないのだけれど、まわりの女友達などは「誰それが超いい」とか「＊＊がイケメン過ぎて死ぬ」とか、みんな日常的に異性について関心が高く、けっこう楽しそうなのだった。

　会ったこともなく話したこともない人を「この人、実際でも、いいのではないだろうか」と想像するレベルならわかるのだけれど、とにかく本気としか言いようのないほどの情熱でもって――有名人とかタレントとかを（作品や表現ではなく、その本人を）とにかく追いかけつづける能力のある人たちがいる。っていうか、いる、のではなく、そういう人たちがものすごく多いから、アイドル・芸能産業が隆盛を極めているわけで、会ったことや話したことがない人にさしたる関心を持てないわたしみたいな人間のほうが、つまらないのだと思う。

このあいだ知りあいの女の子とそういう話をしていたら「じゃ、ミエコさんて恋愛対象としてのタイプとかもないんですか?」と聞かれて、それもほとんどないということに気がついた。むしろ「これだけがいやだ」というネガティヴチェックみたいなのはあるけれど、好きになるための傾向みたいなのって、今も昔もとくにない。

で、その女の子にもおなじ質問をしてみたら「ありますあります。わたし、男っぽいのが好きなんです。ちょっと前のオラオラ系っていうんですか? そういうのが好きなんですよね」と言うので驚いた。「それは、え、偉そうなのでもいいの?」と質問したら「いいですいいです!」「男っぽいっていうのは、その、見た目も精神もマッチョってことだよね」「そうです。わたしの友だちにも多いですけど、やっぱ俺についてこい系がいいんですよね」

わたしの生活圏内が狭すぎ&偏りすぎなのか、最近ではほとんど触れることのなくなっていた、この感覚。「俺についてこい」とか真顔で言われたら、「おまえそもそもどこ行くねん」とわたしなら突っ込んでしまいそうなものなのだけれど、この話を友人や家人にしたら「いや、そういう女の子いつの時代もやっぱ一定数いるよね。っていうか、案外多いのかも」という話なのだった。

そうか……そういえば夏になると様々な場所で祭りが催され、益荒男っぽい人たちが大活躍してまわりには女の子いっぱいだし、いわゆる「ヤンキーなる精神」は日本の様々な状況に深く根づいている文化である。そんなヤンキー文化の主成分が「男気・根性」である以上、それを承認する女性もそりゃ一定数存在するわけで、そうか……なんとなく半径50メートルの気分的には絶滅したと思っていた「オラオラ系が好き」なる感覚ってまだまだ健在で、むしろ絶好調な感すらあるのか……ここでもわたしは自分のマイノリティさを思い知らされ、そしてなんだか不安にもなるのだった。

というか、「オラオラ系」ってなんなんだろう。たとえば、包容力とか能動的とか頼りがいがあるとか、そういう「人間の美質」って「オラオラ」言わなくてもちゃんと発揮できるものだよね。いや、オラオラとは「全面的に強引であること」なのかもしれない。しかし強引は「無理矢理」と紙一重というところもあるしね。オラオラ系が好きな女の子は、場合によっては自分もオラオラ言える余地を必ず残して、どうかお付き合いしていただければとそう思う。

2014 | 03 | 27

自分のために生きる時間①

たまに講演などの依頼があって人前で話をする機会があるのだけれど、いちばん多いのはやっぱり大学といった教育機関。テーマが決まっていることもあれば、わたしが決めていいときもあるし、小説や読書といった創作について話してほしいと言われるときもあれば、人生とか夢といった漠然とものについて自由にどうぞ、というときもあって、なかなか刺激的ではあるのだった。

Time to Live Your Own Life ①

去年、ある女子大へ講演に行ったときのこと。女子大に招かれるのは初めてだったけれど、心なしか、庭の緑や花々も、そして校舎の佇まいも爽やかで、なんとなくいい匂いまで漂ってくるようなそんな雰囲気。共学しか経験のないわたしは「女子校、すごくいい……」と、まだ誰にも会ってもいないのに、「女子しかいない」という単純な認識だけで、なんだかすでに心地よくなってしまう始末なのだった。

詩や小説について、そしてわたし自身が小説を書くようになるまでの経緯などを話したあと、質疑応答に。あたりまえだけど、18歳から22歳と、みんなうんと若い。色々な質問が出たけれど、18歳の女の子の、こんな内容のものが印象に残った。

「わたしには夢があるのですが、一人っ子でもあり、母子家庭なのです。自分の夢を追いかけたい気持ちはあるけれど、成功するかどうかはまったくわからない。母のことを思うときちんと就職しなければならないとも思うのです。ミエコさんは今でこそ、有名になって、お仕事をばりばりされていますが、わたしぐらいの年齢のとき、夢のほうに進むのは怖くなかったですか。母との生活のために何かアドバイスをいただければ」

母親思いの優しい子だなあ、と思った。そして、わたしも似たような境遇だったから、その気持ちがとてもよくわかるような気がした。母親と子どものあいだには無数の関係があって、大人になってもその呪縛が解けないほど存在として強い母もいるけれど、自分がすべてにおいて守ってやらないといけないと思わせる弱い母親も存在して、彼女の母は後者。そして彼女は自分が幸せになるよりも自分のために生きてきてくれた母にしあわせになってほしいと思ってしまい、自分の好きなことをしたり、エンジョイしたりすることに引け目や罪悪感を覚えてしまう。じっさい、わたしにも長いあいだ、そんなところがあったのだった。

でも子どもを生んで、そのあたりがちょっと変わったかもしれない。自分が母親になって、ひとつはっきりわかったことがある。それは、「ああ、親は、子どもより強いな」ということだった。そして、自分が大切にしてあげたいと思えるような信頼関係のある親であるならば、その親は、子どもが自分を犠牲にしてまで親のことを優先することを決して望んだりはしないだろう、ということだった。自分を犠牲にして親のために選択したり、生きてもらって、うれしい親っていないよ——とは言い切れないところもあるけど。基本的に、親というものは、子どもが健康で楽しく暮らしてくれることがいちばんしあわせに感じるのだと思う。基本的には、だけどね。

だからあんまり背負いこまないで、親のことは適当に考えて、まずは自分のやりたいことをやることです。そんなことができるのは本当に限られた時間のこと。いま焦らなくても人のために生きなければならないときなんてすぐにやってくるんだから、と彼女に伝えた。

2014 | 04 | 10

自分のために生きる時間②

「夢もあって、それを追いかけたい気持ちもあるけれど、母子家庭で育ったし、母親のことや将来のことを思うと、きちんと就職して生きていったほうがいいのじゃないだろうか。ミエコさんにも、そんな時期があったはず。どうやって、今に辿り着いたのですか」

去年、女子大に講演にいったときに挙がったこんな質問。お母さんへの気持ちや、責任感や、罪悪感との折り合いについては前号にも書いたけれど、結論をいえば、「人のために生きなければならないときは嫌でもやって来るものだから、いまのうちは、できるだけ自分のことだけ考えるように」っていうこと。「それができないから、苦しくて不安なんだ」ってのも充分わかるけれど、そこをなんとか乗り越えて、家庭の事情を振りきって、自分のために生きると決心することが大切なのだ(これは、たしかにしんどいことだけれど)。

心配性の人ほど、「将来のことはなんとかなる」という気持ちを意識的に持って毎日を過ごすのが重要で（若いあいだはね）、じっさい世界や人生はそんな具合で成り立っているものでもあるのだから。

仮にいい会社に就職しようが、稼ぎのいい勤め人と結婚しようが、会社が倒産するかもしれないし、病気になるかもしれないし、何より交通事故に遭って明日という日は来ないかもしれない。生きていることというのは、リスクとそのままほぼ同義。そんな無限のリスクがひしめき合っているなかで、若さというのは本当に天からのギフトのような時間なのだ。基本的には体も健康、わからないことのほうが多くて、限界だってまだ存在しない。そんなときにもし夢があるなら、どうしてもなりたいものや、やってみたいものがあるなら、どうしてそれを追いかけないということがあるだろうか。

もちろん誰もが自分の夢を実現したり、いわゆる成功者になるわけではない。すべての分野において一線で活躍する人なんていうのはほんのひと握りで、継続することはもっと難しい。でも、成功するにも失敗するにも、とにかく人生のある時点において「賭けてみた」ということがなければ、何にも始まらないのである。そう、生まれてこなければ人生なんてなかったのとおなじように、当然だけど、何かをやってみなければ、成功も失敗も、そもそも存在しないんである。つまり漠然とした夢はあっても、「夢をみた」ことにもならないのである。

もちろん「成功にも失敗にも興味ない、ただ何となく生きて、死にたいだけ」「適当に暮らして適当にやり過ごしたい」という人はべつに何かに賭ける必要なんてないし、そういう人たちの人生が、何か賭けたことのある人生よりつまらないとか劣るとか、そんなことも一切ない。ただ、夢や憧れといったものは抱いてしまうと全方位的にあんがい厄介なもので、成功するにしてもしないにしても、「成仏」させてやらないと、後々しんどいことになるのである。つまり、他の誰でもない自分自身が、「できることはすべてやった、もう悔いはない」と思えるところまでやりきらないと、成功しなかったのを人のせいにしたり、いらぬ嫉妬を抱いたり卑屈になったり、仮にたまたま成功しても、満たされない何かが残ったりするものなのである。成仏させる必要なし&なんとなく忘れちゃったなあって人は、それはそもそも切羽詰まった夢でも憧れでもなかったんだろう。とにかく、「自分自身が納得する」っていうことが、どの局面においても、とても大事なのだと思う。

2014｜06｜26

Frozen

アナと雪の女王

少しまえになるけれど、『アナと雪の女王』を観た。世界各国につづいて日本でも大ヒットして、その大きな理由として「女性たちによる強い共感」が挙げられて、それについては色々なところで色々なことが語られている。

すでに大きな話題になっていたから、「新しい愛のかたちを提示した」とか「お姫様物語からの脱却」とか「男はもう必要ではない」とか「ありのままの姿、みせていこうぜ」といった、前情報満載の状態で観たのだけれど、さすがに爽快感あったよね。端的に、愉快な気持ちになったもんね。

物語をそのまま素直に楽しむと同時に、その設定や構造に奥ゆきがある場合は、そこに色々なものを代入してまたべつの角度から楽しむこともできる。そしてそれが無数の解釈を生んで、作品がよくも悪くも厚くなってゆくのだけれど、『アナ雪』もまさにそういう作品。観た人が「よかった」以外の何か一言を言いたくなるような、そんなちからがあるのだよね。

よく言われているのは、そのまんま、「あれはすべての女性の解放をうたった映画だ」っていうこと。現実的な状況の違いこそあれ、「女性であるだけで、受けてきた抑圧」の部分では、ほとんどの女性は繫がっているともいえる。氷の城を建てるシーンの宣誓ともいえる歌のイメージの強度を物語はそのまま保ち、そして、これまで女性たちにあてがわれてきたお決まりのクライマックスからも自由になる。それにこれを作ったのはディズニー初の女性監督。そりゃ、快哉《かいさい》を叫ばずにはいられない。

で、ほかには、この「女性」の部分にレズビアンやゲイやさまざまな立場を代入して捉える人も多い。その場合、エルサの特殊能力にはこういう意味が隠されており、オラフの存在はこういった暗喩であり、雪とはそもそもこれこれを象徴していたりして、などなど。深読みは同時多発的にぐんぐん膨らみ、そういうのを見聞きするたび、「なるほどねえ」とか「え、それは成立するかしらん」などなど、観終わったあとでもひとつの映画について長く語ることの醍醐味のようなものを味わうことができた。

しかし、わたしがいちばん「いいなあ」と

感激したのは、物語でも、解釈でも、それから絵そのものでもなく、歌詞でもなく、歌唱のエフェクトに関することだった。

　あんなドラマティックで、メインで、ドヤア！　みたいなシーンで流れる歌なのに、それを駆使したらものすごーくいい感じ&ムードたっぷり&非常に物語的に聴こえる「リバーブ」（いわゆるエコーみたいなの）を、ほとんど感じさせないミックスだったこと。わたしはそれにじいんとした。

　声が歌になる瞬間から世界に飲みこまれそうになるところ、その厳しさをきちんと表現し、しかしぎりぎりの中で、ファルセットも使わずに、まっすぐに地声で歌いつづける。この場面において「ありのままの声」で歌うという演出に、わたしは「こういうところも、これまでとは違うなあ」と感じ入ったのだった。

2014 | 07 | 10

Struggle, Happiness, and Everything in Between

困難としあわせのすべてについて

毎日、家事や育児や仕事がてんこもりにあって、10分だってじっとしていられない感じなのだけれど、でもじつは、いまわたし、すっかり燃え尽きているのである。そう、なんか、脱力して手足がぶらんとして、すぐには次に行けないようなこの感じ。燃え尽きた、というのが異常にぴったりくるこの状態、なんだか久々に味わったような気がする……。

なぜ燃え尽きたのかというと、それはやはり大きな仕事をひとつ終えたからなのだけれど、わたしはこの一年、妊娠から出産、そして赤ん坊が1歳になるまでの2年間についての記録を書きつづけ、それがようやく、ようやく……刊行されることになったのだった。タイトルは『きみは赤ちゃん』。この2年のあいだに心と体に起こった「す　べ　て」を、本当にもう余すところなく書き尽くしたのだけれど、それで、もう精も根もまじで尽き果てたような、そんな感じになっているのだった……。

Ｈａｎａｋｏ読者におかれましては、出産を経験したかたも、まだよ、ってかたも、それから興味ないってかたも、いらっしゃると思う。わたしも長いあいだ自分が母親になるとは思っていなかったけれど、しかしじっさいに妊娠して生んでみると、その過程は、これはもうやっぱり空前絶後の出来事の連続だった。赤ん坊に会えたことは自分の人生で最大の喜びであり最高のしあわせだと断言できるけれど、でもやっぱり、妊娠&出産にまつわるあれこれは、人生で最大に痛くて、最高にしんどい、というのも、なかったことにはできない事実である。よくもわるくも、のっぴきならない「非常事態」だったよなあ、と改めて思う。

女性って生きているだけで、「なんでやねん」とか「とほほ」とか（最近では都議会の野次問題とかさ）、もう突っ込む気力もなくなるような出来事に遭遇しつづけるわけだけれど、出産&育児は、それをしみじみ思い知らされる現場でもあった。そして、「けっこうわたし、柔軟に考えられるほうだよな」と思いこんでいた自分自身も、なかなかどうして、無根拠な世の中の常識にがちがちに縛られまくっているのだということも思い知り、そのたびに、自分の中で何かが更新されていく体験でもあった。

読書でも旅でも、それから恋愛でも、それらにおける大きな喜びは、「自分が変わること」かもしれない。赤ん坊がやってくるというのは、心の準備とか追いつかないままにすべてに巻きこまれてゆくことでもあるけれど、でも、これまでの自分とは確実に変化した自分があらわれる。その変化がよいものかわるいものかは、うんと時間が経ってみないとわからないけれど、でも確実に変化する。知らなかった感情や、景色や、感覚に毎日遭遇する。これはやっぱり、人生においては「よいこと」だと思いたい、自分がいます。

出生前検査、無痛分娩、激烈&激悪になってゆく夫婦関係、ぜっぺき頭の回避、授乳、男と女のどうやったって埋まらないみぞのこと、使ったお金、そして赤ちゃんという存在のこと……。困難としあわせのすべてについて、起きたことの何もかもを、もうこれ以上は書くことないやろ、と思えるほど、全力で書きました。『きみは赤ちゃん』。ぜひお読みください！

2014 | 08 | 21

いっそすべての穴を埋めたい

Closing All the Holes

2歳の息子の子育て中で仕事もあり、眠っていても駆け足のような毎日なので、ゆっくりする時間というものがまったくない。本を読む時間もとれないし、DVDで映画を最後に観たのっていつだったっけなあ、というようなそんな具合。テレビにかんしては食事のときにはいつもNHKのニュースをつけてその日にあったことを知る、というようなあんばいで、たまに報道メインの情報番組がついていることもある。で、このあいだ、夕食を終えたあと、ふと民放のバラエティ番組にチャンネルが合って、ものすごく久しぶりに、ちょっと眺めてみたのだった。

番組は、男性の芸人が道行く人にインタビューする、というような場面だった。芸人が60代になるかならないかぐらいの男性（社長らしい）に最近はどうですか、みたいなことを聞いて二、三言葉を交わしたあと、その社長は「もっと美人を雇っておけばよかったと後悔してる。うちはブスばっかりだ」みたいなことを言った。それを聞いてウケた男性芸人が「え、ちなみにいちばんのブスは誰ですか?」と質問すると、「＊＊ちゃん!」と答えて、スタジオも爆笑、みたいな、そんな流れだった。

や、このあいだ都議会の野次の大騒ぎがあったはずなんだけどなあ……とか思いつつ、まあ、相も変わらずこんなもんなんだろうなあ、と暗澹《あんたん》たる気持ちになった。認識の世代的な限界もあるんだろうけれど、一部の男性っていうのは、女性の容姿についてあれこれ言う権利が自分だけにはあると信じて疑わないんだなと、あらためて阿呆らしくなった。

セクハラにかんする諸問題にしてもそう。これについては未だに「女性も心の底では相手にされてうれしいはず」とか「イケメンや彼氏にされたらイヤだって言わないくせに、それはおかしいだろ」みたいな、どうしたらそんな超絶意味不明すぎるロジックを展開してさらにわけのわからない結論に骨折もせずに無事に着地できるのか想像することもできないようなことをしれっと言う男性もいたりして、どうしようもあらしませんな。

つい先日も、どこぞの男性議員がまたもや『我々は古い世代だから、女性は下、女性のくせに』という価値観からは逃れられない」

と開きなおり的な発言をしていたけれど、「だから引退します」でも「だから認識を変えられるように努力します」でもなく、「以上、今後もこの方針でいくからよろしく」みたいな感じだった。若い世代の男性には、ジェンダーの諸問題については常識が共有されて、それなりの希望を見出すこともできる気配はあるけれど、しかし、現状はなんにも変わってない。少子化問題については、すこしまえの「女性は生む機械」、そして最近では「避妊具に穴をあけておけば」とか、「女性をもっと活用して」とか、もう不愉快極まりない&信じられない発言をする男性議員や政治家も大勢いるわけだし、もう、「ひとつ去ったら、またみっつ」ぐらいの勢いで、これってもぐら叩きかよ。もう、叩くのも疲れるから、本当に穴から顔を出すの、やめてほしいと切に願うわ。

2014 | 10 | 09

三ヶ月だけ

Just Three Months

　女友達がふたり、立て続けに離婚することになり、それがとてもしんどそうなのだ。どちらかというと彼女たちのほうが離婚に積極的で、生活をはっきりさせたいという気持ちを強く持ってのことだったのに、ずっとため息をついている。わたしもそうだったなあ……（注：わたしは一度離婚して、そして今は再婚しております）、あれは本当にキッかったな、と思いだすことはできるけれど、でも、もう感じることはできないのも事実なのだった（そういう歌があったよね）。

　よく、離婚は結婚の10倍しんどい、と言うけれど、もちろん個人差があるのは前提として、しかしそれは真実であるように思う。子どもがいなければ、基本的にふたりは恋人同士の延長を生きているはずなのに、結婚というのはやはり様々なものを巻きこむもので、そういういっさいに疎く、また意識的に関わらずにきたわたしでさえ、離婚にまつわるすべてはしんどかった。親戚関係とか建前のあれこれもしんどいけれど、やっぱりいちばん大変だったのは情の部分。金輪際顔も見たくないわ！　と思える別離ならまだエネルギーもあるけれど、原因もはっきりしないまま、しかしもうこれ以上は無理だよね……みたいなのがきついのよ。少しずつ空気を抜かれてゆくみたいだし、迷うし、間違ったことをしようとしてるんじゃないかと不安になるし、何を決めても、一歩も進んでいないような錯覚に襲われる。自分で決めたことなのに、離婚したあともしばらくけっこう塞いでいて、ダメージがあった。ちょうど同じ時期に親友を亡くしたこともあって、もう本当にだめなんじゃないかとどん底で動けない日々だった。

そんなときに、ふと思いだすのが、銀色夏生さんの言葉だった。十代の真ん中に読んだ彼女のエッセイの中で、「今、どんなにしんどくてもうだめだと思っていても、三ヶ月だけ待って、三ヶ月だけ我慢して」というようなことが書かれてあった。それは確か、銀色さんが離婚して、そのつらさを少し乗り越えたときに書かれたもので、その言葉の切実さが、まだ少女だったわたしの心に強烈に刻まれたのだと思う。このさきに、何かものすごくつらいことがあっても三ヶ月。三ヶ月だけ、我慢すれば。いつしかそれは大切なおまじないのようになり、それから二十年以上も時間が経って、わたしは十代の真ん中に出会ったその言葉に、やっぱり救われたのである。三ヶ月、三ヶ月だけ。そう思って日々を過ごした。たいていのことは時間が解決することは知っているし、どちらかというとありふれた言葉に思えるけれど、三ヶ月という具体的な彼女の体験が、なんだか自分の体験に少しだけ繋がってるような気がして、それも不思議に思える日々だった。

いわゆる名言に助けられることもあるだろうけれど、十代の頃にふと出会ったなにげない言葉が、その人の人生を、どこかで、支えてくれることがある。わたしにとってそのひとつは銀色さんの「三ヶ月」だった。なぜその言葉がそんなにもわたしに強く響き続けているかというと、そのとき彼女が本気でそれを書いたからだと思う。彼女にとって本当につらい三ヶ月を彼女が生きて、そして三ヶ月をかけて回復したからだと思う。そして三ヶ月説はわたしにとっても事実だった。だから今つらいことがある人に、いつかの銀色さんみたいに三ヶ月だけ待って、とわたしも伝えたいな。三ヶ月だけ。そしたら、きっと、今とは少しだけ、違う場所にいるよ。

2014｜11｜27

知りあい以上、友だち未満1

More Than Acquaintances, Less Than Friends 1

人間関係とは、つくづく難しいものだな、とこのごろ少し、思う。

仕事で新しい人に出会うこともあるけれど、何でも話せる友だち、と呼べる間柄の人って、三十代半ばにもなればだいたい決まってるのが実情ですよね。もちろん、五十代、六十代で恋に落ちる人もいるわけだから、年をとってから最高の親友に出会う可能性だってもちろんあるわけなんだけれど、でも、働き盛りだったり、家庭をもったり子育てだったりで忙しい三十代や四十代の時期って、新しい友情の立ちあがる余地が、がくんと減ってしまうような気がする。だから、これまでの友情を大切にして過ごすことになるのだけれど、そのときに気づくんですよね。ああ、わたしって友だち、わりに少なかったんだなあって。そういう人、ものすごーく、多いんじゃないだろうか。

しかし、大人になると、「色々な友だち」がいることにも気がつく。何でも話せる親友はひとりいればいいほうで、だいたいが、とくに感情をさらけ出すこともなく、シリアスすぎる話をすることもなく、会えばその場にあった雰囲気の話で盛りあがり、またおいしいものでも食べようね、という関係のグループが、まあいくつかあったりするのである。だからって、これがうわべだけの付き合いかといえばそうではなくて、ただ単に、これが大人になってからなる友だちの、常識というか限界なのだ。

だから、数年連絡を取らなくても問題のない「友だち」もわりにいて、ふだんは全然気にならないのだけれど——仮にそのタイプの友だちのひとりをAさんとしましょう。誰かが、「そうだ、ここだけの話、Aさんがミエコさんのこと＊＊って言ってたけど、それって本当？」みたいな話が耳に入ることがある。「ええっ、知らない。なにそれ」ということになって、少しだけ胸がざわつく。そのあと、ちょっとだけ淋しいような気持ちで、そっか、と思う。そして、そっか、と思うだけで、それは終わってしまうのだ。

というのも、Aさんとはいわゆる「友だち」ではあるんだろうけれど、しかし直接、細かい話をしたり聞いたりする関係ではないからで、そのまま終わってしまう以外に選択肢がないからなのだよね。

この場合、Aさんは友だちじゃなくて知りあいだよ、とおっしゃるかもしれません。それはそのとおりなんだけど、知りあいから友だちへの距離には微妙なグラデーションがあって、ひょっとしたら友だちになれたかもしれない可能性が、こうしたことがあると、永久に知りあいにとどまってしまうことにもなる。これはちょっと残念なことなのだ。

で、さらに残念なのは、その誰かから聞いたことが、じつはその誰かの聞き間違いだったり、勘違いだったり、誤解だったりっていう可能性があるということ。もちろん、誰かが言ったことをそのまま鵜呑みにするわけじゃないのだけれど、しかし、この手の話って、「そっか」みたいな、まるでなんてことない小さな棘《とげ》がささるみたいに、「印象」として、気持ちのどこかに残ってしまうものなのだ。

だから、この手の話を耳にしたら、やっぱり本人に確認するなり、確かめたりしたほうがいいといえばいいのだけれど、それができる相手であれば問題ない。けれども、それができない場合が今となってはほとんどで、そう、「知りあい以上、友だち未満」の関係って、ふだんは気にすることって少ないけれど、わりにじわじわ難しいものだよね……という、けっこう切実な話なのだ。

2014 | 12 | 18

知りあい以上、友だち未満2

More Than Acquaintances, Less Than Friends 2

知りあい以上、友だち未満の関係における、いろいろな感情のほつれについて。

年齢を重ねていくと、わざわざ体力と時間を使ってまで相手に「ほんとう」のことを伝えようという気持ちに、だんだんならなくなってくる。心から親友、と呼べる相手であれば話はまたべつだけれど、でも親友というのはだいたいにおいて一人でもいればいいほう。ふだんの人間関係は、いわゆる「摩擦の少ない友だち」か、「知りあい以上、友だち未満」が、そのほとんどを占めているわけなのだった。

で、これは前号でも書いたけれど、知りあい以上、友だち未満の人間関係においては、いろいろなことを確かめるのが難しい。たとえば、「Aさんがあなたのことを＊＊だって言ってたよ」というような、思わず、「えっ」と思ってしまうような、少々心外な話をBさんから聞いたとしても、その事実をAさんに確かめるってことが、わたしたち、もうあんまりできなくなってるんですよね。

「ねえねえ、あなたがこんなこと言ってたってBさんから聞いたんだけど……」みたいなことをわざわざ訊くのもなんだか自意識過剰だし、うわさ話ていどのことを真に受けるのもどうかと思うし。それにBさんの言ってたことが、本当のことなのかどうかなんて、わからないのだし。だから、自分の耳ではっきりと聞いたことしか信じないようにする、というのは人生の基本なんだけれど、でもそういうのって、やっぱり胸のどこかに残っちゃうんですよね。

そこで、ふと、「そういえば最近、なんだかあの人、よそよそしくなったような……」というようなことを思うとき、その人の身にも何か同じようなことが起きているのではないかと訝《いぶか》ってしまう。つまり、「ミエコさんがあなたのこと、こんなふうに言ってたけど……」みたいな誤解にもとづく話や嘘を、もしかしたら誰かから聞いたりしたのではないだろうか、なんてことを考えてしまうのである。

しかしわれわれは、「知りあい以上、友だち未満」の関係であるから、腹をわって気になることを単刀直入に話す機会をもつことは、もうないのだ。よって、お互い、確信をもつまでには至らないにせよ、しかし心の中では「ふうん……」みたいな、何とも言えないふわふわしたわだかまりをもって、そのさきは友情を熱く交わすこともなく、おまけにその可能性までも絶たれて、それぞれの人生を生きていくことになるのだった。

これって、けっこう凄いことだと思いませんか？　だって、ちょっと意地悪な人がいれば、ある人とある人の微妙な関係を、ある意味で永遠に断ち切ってしまうことができるということでもあるんだもの。もちろん、真偽を確かめられるとその意地悪な人の立場も微妙になるんだけれど、だいたいの大人はもう、自分についてあれこれ言った言わない話についてそれ以上掘り下げたりはしないから、意地悪な人は、その「負の印象」だけを残すことに、かなりの確率で成功してしまうのだ。

第三者の価値観や嫉妬やいたずら心で、親友になれたかもしれないある人との関係が知らないうちに終わってしまっていたかもしれない可能性。もちろん証明することはできないけれど、目にみえる人間関係のかげにひそむ、決して明るみに出ることのない、生まれることのなかった友情みたいなものについて、こんなふうに、ときどきぼんやり考えてしまうのである。なむなむ。

2015

この頃は、しっかり歩けるようになった息子と

いろんなところに出かけるようになった。映画館にもよく行ったけど、水族館にも何度も遊びに行った。自分がひとりのときも、それから子どもと一緒になってからも、見つめてしまうのはくらげだった。ゆれているものはいつまでもきれいだけれど、それ以外のものにも満ちているような感じがする。

2015 | 03 | 12

さよならお化粧ポーチ

Goodbye, My Makeup Bag

いつだったか、「トイレやパウダールームで失くしたお化粧ポーチは、ぜったいに戻ってこない」ことについて書いたことがあったけれど、何年ぶりかに、やってしまった。うっかり、置き忘れてしまったのである。

場所はデパート。子どもを連れて一緒にトイレに入って、ばたばたと動きまわる息子を片手で押さえながらまずわたしが用を足し、それから息子のおむつ替え。お化粧直しなんてふだんそんな時間はまったくないけれど、この日は唇が割れて痛さの限界だったので、ポーチからリップを出してささっと塗り塗り。すると一瞬のすきを狙って鍵をあけた息子が脱出したので、とにかくバッグと紙袋をつかんでばたばたと追いかける、みたいなことがあり、這々《ほうほう》の体《てい》でなんとか帰宅して、バッグの中身を出そうとして、このときにやっと、お化粧ポーチがないことに気がついた。「ああ、あそこに置き忘れたんだ……」。このときのショック。多くのＨａｎａｋｏ読者のみなさまにも、経験がおありかと思う。

つらいよね。化粧ポーチの中身って「一軍」揃いのベストメンバーで構成されていて、おまけにそれがまるごと消滅してしまうのだもの。そしてかなりの確率で、それはもう、戻ってはこないのだ。なぜかというと、見つけた人が持ってっちゃうからなのだ。今回も、気づいてすぐ問い合わせたけれど、やっぱり届け出はないという。お化粧ポーチ、もしかしたら財布よりも届け出率が低いのかもしれない……。

知らない人の使ったものなのに平気なのかな、とわりに不思議に思っていたけれど、肌や唇にじかに使うものなのに、なぜかお化粧品にたいしてはそういう気持ちにはならないみたい（もちろん手入れされていないような、ぐちゃぐちゃのは論外だけれど）。そこには、お化粧品の存在じたいが美に向かうものであることと、やっぱりお化粧品そのものがもつ「きれいさ」が、「人の使ったもの、気持ち悪い」という気持ちを上回ってしまう、というのがあるのではないかしら。

デパートのお化粧品売り場では、サンプルを試すのにも、まあ担当のかたがついていてくれてリップひとつとってもパレットにとって試してくれるけれど、たとえばドラッグストアなんかのサンプルなんかはもうぺんぺん草も生えないというか、チークとかパウダーとか無くなっているどころか、底のあたりがえぐれてる、みたいなのもあったりする。好きなときに好きなだけお化粧品を買えるような人ならいいけれど、ひとつひとつが高いなあ、とため息をついてる人にとっては、やっぱり目のまえにふっと現れたポーチはある種の福袋的なものとして映るのではないだろうか。べつの言葉にすればこれも窃盗ってことになるんだろうけれど、べつに自分が能動的に誰かから奪ったわけでもなし。罪の意識は好奇心と魅力に覆われて、ラッキー♪、みたいな感じで持っていっちゃうのかもしれない。サンプルもらった♪、みたいな具合で。

お金のなかった若いときに比べると今回のショックはまだましだったけれど、もう一度買いそろえるのにそれぞれの品番がわからないから、またカウンターに行って、どれだったっけ、これだっけ、といちからやり直しで、それを思うと気が滅入る。新しいものを試すのならうきうきもするけれど、本来なら持っていたはずのものを、しなくてよかったはずのことをしなくちゃならないのはけっこう空《むな》しいものですね。みなさんもお化粧ポーチ、失くさないように、よろしくひとつ。

お料理地獄

Cooking Hell

毎日ほとんど家にいて、夫も子どももいるから自炊をする日々なのだけれど、これが本当にしんどいのである。もともと料理するのが苦手なわたし。というよりも、嫌いなのである。気がむいたときに自分の食べたいものを作るだけならやっていけないこともないけれど、これが毎日ほとんど3食続くと思えば、なんだかぞっとしませんか。うちは夫が料理ができないから逃げ場もない。子どもがまだ小さいから外食メインというわけにもいかないし。これはまさしくお料理地獄。ああ、なんでこうなった。

絶望していても毎日はまんべんなくやってくるので今日もいやいや作るのだけれど、もともと料理に興味がないし技術もないから、いつも似たような献立になる。親友のヘアメイクのミガンは二人の子持ちで仕事もばりばりしてものすごく多忙だけれども、料理がすごく好きで上手で、家にいくと信じられないくらいたくさん料理の本があり、おいしくて凄いものをささっと作ってくれる。最近、食が細いなあ、と思っていた息子がミガンのご飯を食べて「おかわり！　あとそれも！」とか言って夢中になって食べているのをみると、「ああ、楽しんでおいしい料理が作れる親の子とそうでない親の子には、そりゃあなんらかの影響が出るでしょうな」と、なかば他人事のように感心してしまうのだけれど、やっぱり自分を責める気持ちもでてきてしまう。そして、「なっ、なんでわたしだけがこんな罪悪感を味わわなあかんのよ！　わたしも親やけど、夫も親やろ！」とハッとして、わたしがいま感じたようなことは一切感じることもないだろう夫に、まじでイラッとするのである。両親の問題&責任だと頭でわかってはいても、一般的な父親は感じないのだから、どうしようもない。何であれ、ものごとはさきに気づいたほうが苦労するようになっているのである。家族の日々の体をつくるのは母親……まったくしょうもない呪いだぜ！

ともあれ、お料理が楽しめる人間に生まれ変わることはできないのだろうか。どうせやらねばならないのなら、ストレスは軽減したいもの。でもこれで38年生きてるからなあ。無理だろうなあ。ばりばり働きながらお料理もこなすまわりの女性たちがますます眩しい。

そして彼女たちの何がいちばんかっこいいかといえば、「料理が巧い自分」を認めているところなのだ！

例えば何かの流れでべつの誰かが「＊＊さんって料理上手なんですよ〜」とか言って話を振った場合でも、「いえいえ、好きなだけですう」とか「趣味なだけですよぉ」なんていって、野暮な謙遜をしないところなんだよね。みんな「まあ……そこそこできますよね」「まあ、巧いですよ」みたいな感じで、淡々と事実を認めるようなその感じ……惚れ惚れする、というのがしっくりくるほど、めちゃくちゃかっこいいんである。

しかしこれが「＊＊さんて美人ですよね〜」に置き換わると、それが疑いようのない事実であれ、「まあ、よく言われますよね」とか「まあ、美人ですよね」とか本人が答えたら、まあかっこいいといえばいいけれど、それはまたべつのニュアンスを連れてくるという不思議ね。

というのはまあ、お料理はその人の能力＆技術だからかもしれませんね。とはいえ、容貌も技術、の時代に入りつつあるけれど。

命の前借り

大人であればどんなかたちであれ、働くのが当然なのですが、昼食を採ったあと、猛烈に眠たくなりませんか。わたしはなります。ちょっと昼寝……みたいにできる人ならいいけど、だいたいの人は、熱く、だるくなってゆく体と頭を何とか動かして、残りを生き抜かねばならない。それがあまりにつらいので、昼食はほとんど採らない、という友人もいるほど。

コーヒーを飲む、という手もある。しかしわたしはコーヒーが飲めないという、まるで使えない体質。もう少し若いとき、どうしてもしゃっきりしなければならない局面では、ユンケルとか飲んで目を覚ましていたけれど、最近ではいわゆるエナジードリンクというものが発売されていて、わたしも数年前からときどきお世話になっているのだった。

たとえば金曜日の夜、原稿をどうしても仕

上げねばならず2時間くらいしか睡眠がとれなかったとしても、朝は必ずやってくる。朝が来たって眠っていればいいのだけれど、子どもがいると、そういうわけにはぜったいにゆかない。ありとあらゆる世話をするために、どんなにどんなに眠くてつらくても、起きて動かなければいけないのだ。家事をし、公園にもゆき、ハイテンションで遊ばなければならないのだ。このつらさ、渦中にあっても未だにわたしはうまく信じられないのだけれど、とにかくわたしの人生の大部分は自分のものでなくなったと感じるのはこんなときで、そんなときに必須なのが、エナジードリンクだったりするのである。

しかし、38歳になってから、問題がでてきたのである。エナジードリンクを飲んだ直後はありがたいその効果で何とか乗り切ることができるのだけれど、そう、問題はそのあとなのだ。「ゆりもどし」といえばいいのか——とにかく効果が切れたあとの倦怠感がこれ、ものすんごいのである。あきらかに、だるい、しんどい、動けない。こ、こんなことならいっそ飲まなければよかったと後悔するくらいにしんどいのだけれど、しかし飲まなければ日中はもっとしんどかったどころか、乗り切ることなどできなかったにちがいないのだ。つまり、飲んでも飲まなくてもしんどいことにかわりはないのだけれども、でもやっぱり、無理矢理に「アゲ」たぶん、飲んだあとの虚脱感のほうが、やっぱきついのかもしれないなあ。

そう、Ｈａｎａｋｏ読者のみなさまにも、もしかしたらここぞというときエナジードリンクにお世話になっている人がいるかもだけど、しかしこれはやはりある意味において、「命の前借り」であるな、とわたしはしみじみ感じ入っているのである。借りたからにはいつか返済せねばならないのが世の理であるからして、やっぱり飲むだけでただ元気がどこからかやってくる、リスクなく調達できる、なんてことはないんだね。それで、いろいろ調べていたら、そういったエナジードリンクと同様の効果を得られるものとして、ふつうに売っている、いわゆる「野菜ジュース」があるというではないの。なんと、元気が出る仕組みとしては、基本的に血中糖度が重要なわけであって、野菜ジュースでまったく問題なく、その効果が期待できるという話……。

は、はよ言うてや……とふらふらしながら、今度から「野菜ジュース」で乗り切っていこうと思っているのだけれど、しかしこの問題は、もっと根本的なものだね。持久力つけるとか、しっかり寝るとか。とほほ。

恥ずかしジュエリー

Jewelry of Shame

このあいだ、ちょっと長めの小説を書き終えて気分も開放的になったのか、ふと伊勢丹に寄ってみた。執筆中は、ふだんの価値観からわりに遠くに生きているので、最初は何を見てもあんまりぴんとこなくて、「ああ、わたしの物欲もめでたく打ち止めか」と思っていたのも束の間、30分も経つと、すべてがこれまで通りに、いやそれ以上に光り輝いており、気がつけばわたしは一階のジュエリー地帯にいたのだった。

とはいえ、いわゆる宝飾品にはあまり興味のないわたし。どちらかというとカジュアルなものを気軽につけるのが好きなのだけど、しかし今年39歳ということもあって、それなりのものでないと兼ね合いが難しいのもまた事実。値段も品質もいい案配のブランドを見つけて吟味した結果、小さなダイヤモンドがついた華奢なネックレスと、おそろいのピアスを購入することに。楽しく話をしながら接客してくれたいい感じの店員さんの胸元を見ると、ダイヤモンドがラインになったネックレスをつけておられ、それはそれで、とても可愛い。いい意味でダイヤモンド感の「どや感」が薄く、しかしカジュアルすぎない。ふだんTシャツなどを着ているときにつけると、おしゃれに気を遣っている感じがちゃんと出る雰囲気だ。

だいたい、さっき購入を決めたネックレスとピアスでこれくらいだろうから、このラインのネックレスもだいたいこれくらいよね……脱稿して浮かれていたわたしは、きちんと値段も確認せずに、「だいたいの感じ」で「じゃあ、そのラインのもいただきますね」と言ったのだった。お似合いですう、と店員さんも喜んでくれて、めでたしめでたし、なはずなのだけれど……。

「では、お会計失礼します！」

飛びきりの明るい声につづいて聞こえてきたのは、「……ダイヤモンド、ラインネックレス、58万円」。何となく違うことを考えていたわたしは「えっ!?」と飛びあがって思わず今年いちばんの大きな声で「ごごご58万円!?」と叫んでしまったのだった。

いや、「買うぞ」と決めて買うのなら心の準備もできているけれど、予想もしなかった値段ゆえに、わたしは心の底から驚いてしまったのだった。買わない理由としては、もちろん「いや、それはどう見ても58万円のネックレスには見えないし、こちらに58万円出すのなら、さらに予算を足して、きちんとしたハイジュエリーが欲しいよ」なのだけれど、でもそんな失礼なこと、そのブランドの店員さんに言えるわけがない。とっさのことに、どのように購入を回避するかを高速で考えたのだけれど、「58万円に見えない」という本来の衝撃しか頭に浮かんでこなくて、でも言えるわけないし……あれこれ考えると面倒で、こうなったらもういっそ買ったほうが早いのじゃないかとすら思いはじめる始末。

しかし一分くらい逡巡したのちにわたしは態勢を立て直し、「思っていた値段と少し違っておりましたので、検討させていただけますか」と何でもないような顔してクールさを装って返答することに成功。何とか回避できたけれど、しかし「ごご58万円!?」と思わず叫んでしまったりして、あれはかっこうわるかったな。小説家だからみんなわたしの顔なんて知らないけれど、芸能人だったら勢いで買わざるを得なかったりするんだろうか。するんだろうね!

2015 | 10 | 08

ヨーロッパの足

Legs in Europe

仕事でスペインへ出かけていた。最初にカタルーニャ地方へ行き、数日滞在ののち、バルセロナへ。

ヨーロッパへ行くといつも思うんだけれど、街をゆく女の子たち、なんであんなに可愛いんだろうか。まず、何よりもみんな足が長い。スカートをはいている子ってほとんどいなくて、ぴったりしたジーンズにスニーカーというかっこうで、それは東京でもよく見るコーデなんだけれど、印象がまったく違うことにいつも静かに驚いてしまう。この連載でも再三書いてきたことだけれど、その違いは骨格の違いそのもの。膝から下がみんな長いので、いわゆるぺたんこ靴でも、本当にサマになる。たとえばわたしがハイヒールを履いてプラスされた足の長さが、彼女たちの素の足の長さなんだもんなあ。そりゃ、ヒールなんか履かなくなるよね。

ところでスペインの食事の時間って、全体的に日本に比べて数時間遅くて、お昼は午後二時あたり、夜ご飯にいたっては八時〜九時スタートと、けっこう遅い。それでも一日が始まるのはふつうに朝の時間帯だから、「えっ、じゃあ食べてすぐに寝る感じ？」と聞くと、やっぱりそうなのらしい。

「やー、ミエコさん、こっちの女の子のことスタイルいいって言ってくれてますけど、食事の時間がそんなだから十代も後半になると、わりにみんな、でっぷりになります。それに、みんながみんな、可愛いってわけでもないっすよ」とバルセロナ在住の友人が教えてくれた。

「でも、やっぱヨーロッパ、とくにパリの女の子とか、二十代とかでも、すらっとしていて、何でもないかっこうをしてても驚愕的に可愛かったんだけど。もう、みんなまじで可愛くてさ、次元が違うというか」

「あ〜、パリはべつです。やっぱりパリはべつですね。パリの女の子はレベル高いですね。集まってる感じありますね」とのことだった。

パリの女の子はたしかに本当にみんな可愛くて、横顔、後ろ姿、立ち姿、歩き姿、笑顔、不機嫌そうな顔……何をどこから見ても完璧で、「おしゃれって、しょせん着る人の問題なのか」と心の底から思い知らされる。これまでわたしは、いわゆるパリに憧れるような気持ちとか、パリをありがたがる気持ちって皆無で、何でそんなにみんなパリ？　と長年思っていたんだけれど、そうか、みんな、この街の文化と女の子のこうした雰囲気に憧れるんだな、と理解できた。

でも、わたしは逆に「ちょっとでもきれいになりたいな」とか、「痩せてスタイルよくなりたいな」とかっていう、ささやかーな自分の努力とか欲望とか希望が、するするっと消滅していくのを感じて、気分が上がるか下がるかと言われると、若干下がり気味になるというか……。「このようなわたしがそんなことしても、何にもどうにもなりはしない」ということを、しみじみ思い知らされるんだよね。まあ、実はそれが、いわゆる「ありのままの自分」、「わたしはわたしを生きてゆく」ことへの始まりってことでもあるんだとは思うんだけどね。

2015 | 10 | 22

ミケーレさまをあきらめない！

The Extraordinary Alessandro Michele

　仕事でスペインへ行ってきた。仕事が終わって最後の日の半分が自由時間。バルセロナ。食べ物がおいしいとさんざん人に聞かされて、はりきってあれこれ食べたわりにはどれもなかなか塩辛くて（もちろんおいしいんだけれどね）、東京のレストランのレベルの高さに現地から頭《こうべ》を垂れるあんばいだった。

　で、グルメ欲も探究心もないわたしのお楽しみは、なんといってもショッピング。買うか買わないかはべつにして、洋服を見て回るのが、これもう本当に好きなんです。カジュアルなお値段の洋服も好きだけれど、やっぱりテンションがあがるのはハイブランドのあれこれで、今季、「もう向こう数年、わたしはこのブランドのものしか買わない。や、ユニクロも着るけど、ハイブランドはここ一択！」と決心させられたのが、グッチなのである。

グッチというと少々コンサバなイメージがあるけれど、今季からアレッサンドロ・ミケーレというデザイナーに替わり、もうやりたい放題というか、ひとことで言ってロマンティックで超絶攻めてる、みたいな感じのこれがもう何から何まですべてが卒倒しそうなほどに素晴らしいのである。

　スペインの路面店であれこれ試して試着して、わたしは総レースのスカートを買った。800ちょいユーロだったから9万円前後（当時）であろうか。スカートに10万弱とはなかなかの買い物ではあるけれど、もう頭の中がミケーレさまの素晴らしいお仕事でてんこ盛りになっているから、値段の感覚とか、ちょっとバカになってるんだよ。ほかに試着したドレスや何やらが圧倒的に似合わなかったからスカートだけで済んだけど、似合っていたら一月後《ひとつき》、とんでもないカードの請求額が来ていたはずだ。とまれ、わたしはミケーレさまのスカートを買って帰国した。そして数日後、東京のグッチはどんなんかいな、なんか試着しよっかな、うしし、と偵察のためにいそいそ百貨店に出かけていったのだった。まだハイな気分が続いていたんだね。

　店について眺めると、あっ、わたしが買ったスカートがある。こっちでは幾らなのかしら、どれどれ……と値段を見て、わたしは、あっと声をあげた。何とプラス10万円の値段がそこには書きこまれていたのだった。えええええ！　ほかにも、あっちで20万円だったコートは30万円。10万円のヒールは20万円。

　恐るべし為替……これがいったい、いかなる理由によるものか、そりゃ関税とか色々理由があるんだろうけれど、それにしてもプラス10万円とは。欲しいものがあったら海外に行くしかないやないか。というもはや一昔前の発想にまで落ち着く始末。すべてのハイブランドがそうなんだろうと思ったらひるむけど、しかしわたしは、あきらめきれない。ひいひい言いながら、やっぱり来週も見に行ってしまうんだろう。だってミケーレさま、ほんとにほんとに最高なんだよ。

2015 | 11 | 05

涙のやってくるところ

Where Tears Come From

　数年ぶりの長編小説『あこがれ』を刊行して、それを記念してのサイン会があった。サイン会じたいが久しぶりなので、わたしもどきどき。どんな人が来てくれるのかな、なんてあれこれ考えて（何回やっても）、まえの日の夜なんかは、ずっとそわそわしてしまう。

　今回のサイン会に来てくださった方に限ると若い人がとても多かった（もちろんご年配の方もたくさんいらっしゃいました）。きけば、二十歳とか十八歳とか。わたしとの年の差、20である。思わず、「ずいぶんお若い、というか、年齢に差がありますが、感覚的に『古っ！』みたいに感じるとこ、ありませんか」みたいなことをきくと、「だいじょうぶ、いけてるいけてる」みたいな感じで、温かく励ましてくれるのだった。

　サイン会というのはわりに特殊な現場で、これをお読みのみなさんのほとんどは体験したことがないんじゃないかと思う。もちろん、行き慣れている方、何年経っても変わらず来てくれる方もたくさんいるんだけれど、初めて来ました、という人もいて、なかには思いを堪えきれなくて泣いてしまわれる方もいる。

だいたいは女の子で、手紙や小さな花束を手渡してくれて、がんばってください、と言ってしまうと、あとはもう、とめどもなく涙が出てくる。それを見て、わたしも思わず泣いてしまう。彼女がどうして泣いているのか、その本当のところわからないんだけれど、でも、その涙の本当のところは、きっと「愛読している本の著者に会えたからではない」と思うんだよね。


つまり、読書というのは、どこまでも言葉と自分の心との何かしらの行き来であり運動で、彼女が思わず書き手を前にして泣いてしまうのは、そのご自身の日々の感受性の運動の、なんというか純粋な余波みたいなものなんじゃないかと思うのだ。

だから、わたしが泣いている女の子を見て一緒になって泣いてしまうのは、もちろん「ありがとう」という気持ちもあるんだけれど、でもやっぱり、ひとりの若い女の子が一生懸命に本を読んで、あれこれ考えて、悩んだり不安に思ったりしながらそんな日々を全力で生きている、ということじたいにたいする、感動のような気がするのだ。その女の子自身も、きっとそうなんじゃないかと思う。本とかサイン会とか著者というのは小さなきっかけで、いま自分が一生懸命に生きているっていうことに、なんというか、体が反応するんじゃないかと思う。いつもははりつめているせいでわからないけれど、きっと、こうした機会に一気に感情がこぼれてしまうのだ。そういう涙のような気がする。

いま全力で、その一回切りを一生懸命に生きている若い人たち。楽しいことが、たくさんありますように。毎日がそうじゃなくても、元気で笑える日が、一日でも多くありますように。どうか、がんばって。がんばって。

わたしは二度、結婚している

わたしは二度、結婚している。つまり、初婚↓離婚↓再婚というわけなんだけれど、そのあいだ4つの名前を行き来したことになる。

まず旧姓。それから一度目の結婚相手の姓。それから旧姓に戻り、いまは現在の結婚相手の姓。人生に変化が訪れるたびのこの手続きが本当にわずらわしいことこのうえない。戸籍の届けはもちろん、銀行口座、パスポートといったあらゆる名義の変更に、信じられないくらいの時間とエネルギーをとられる。しかも手続きを終えたあとも、厄介はたびたび起こる。結婚や離婚にさいしてこんなことを強いられるのは、基本的には姓を夫側に変えた女性だけだ（もちろん男性もいるけれど）。姓を変えなかったほうは何にもしないでいい。何の変化もない。ふつうに考えて、これはものすごくおかしいですよね。

この文章が掲載されるころにはもう判決が

出ているはずだけれど、夫婦別姓の裁判が最高裁で行われようとしている。今のところ、民法では夫婦別姓を認めていないので、たとえば結婚したあとも仕事場で旧姓を継続して使おうと思っても許されない場合が多く、実質は戸籍上の名前を使うのが義務づけられている。どうして、結婚したら強制的にどちらかの姓を名乗らなければならないの。これって、男女平等の権利を侵害しているよね、憲法違反じゃないんですか？　これが今回の争点。

相手の姓を名乗りたい、一緒の籍に入ることで何らかの一体感を味わいたい人がいるならその人はそうすればいいいし、そうじゃない人はべつの選択ができるようにしなければならない。これってとんでもなく、あたりまえのことだと思うのだけど……。

夫婦別姓に反対しているのは世代別でいうと70代以上のお年よりが多く、その根拠は「家族の絆が壊れる」とか「日本の伝統が」というようなことらしいんだけど、昨今の離婚率を考えれば同姓にすることと絆は関係がないし、戸籍制度じたいが明治にできあがったもので、伝統とは何の関係もない、比較的新しいもの。つまり、こういうのはまったくの無根拠なのだ。

いまは結婚したら同姓になることが強制されているから、なんでか「おなじ名字が愛の証」みたいな感じになっているけれど、選べる自由が生まれたら、「結婚はするけど、そのままの名前でいくわ」っていう女性は必ず増えるし、むしろこんな強制があるのなんて日本だけ。

現状としてこれはあきらかな男女差別だし、国連の女性差別撤廃委員会から日本は何度も勧告を受けている。未だに結婚式で「＊＊家、・・家」なんて書くような、お家制度の、本当に古い古い価値観がはびこっている国なのだ。結婚したら相手の妻にはなるかもしれないけれど、どこかの家の嫁になるわけではないでしょう？　「結婚したらおなじ名字になるのはあたりまえ」、根拠のないこんな思いこみのために、多くの人々が本当に多くの不利益を被っている。みなさんはどう思う？

2016

春から夏にかけて、大量の日焼け止めを塗りながら、太陽の日射しを浴びに浴びた。親友とその子どもたちと一緒に世田谷公園でへとへとになるまで遊んだ日。親友とは19歳からのつきあいで、人生にはいろんなことが起きるし、これからも起きていくのだろうけれど、彼女がいてくれて本当によかったと思う。

2016 | 01 | 21

遠くなる、大事なできごと

新年早々、しなければならないことが山積だ。今まで自宅で仕事をしていたのがいよいよ難しくなり、新しく仕事場を探すことになった。うちは夫も小説家、かつ映画評論家でもあって、とにかく本や雑誌やＤＶＤが多すぎて、もう歩く場所もないくらい。本棚どころか至る所に様々がもう溢れに溢れて積みあがり、ほとんど脱出する感じ。

今、住んでいる家は購入したものなので、数年後に賃貸物件をこうして眺めることになるとは思わなかった。上京したのが２０００年で、24歳になる年だった。あれはひとつの転機だった。17歳よりも、20歳よりも、そして30歳よりも、わたしにとって24歳はとても大事な年だった。そしてまる15年が過ぎて、わたしは今年40歳。24歳と、40歳……書いてみると誰の何の話をしているのか一瞬わからなくなる。

けれど、しかし考えてみれば、仕事だって、住む場所だって大いに変わったたし、二度も結婚したし、そして子どもまでいるのだから、やっぱりそれだけの時間が確実に流れたのだ。今からおなじだけ時間が経てば、そのときわたしは55歳。わりにすごい。想像できそうで、やっぱりできない。でも、40歳だって想像できなかったんだから、まあ知らないうちにこうやって何もかもが現実になっていくんだろう。

みなさんにとって、「今、振りかえると、あれは転機だったなあ」と思える年ってありますか。あるとしたら、いつでしょう。そしてそこから何年が経って、今、何歳になったのかな。わたしの場合は上京というわかりやすい変化がひとつの「できごと」ではあったのだけれど、でも、転職とか結婚とか出産とかそういうくっきりしたイベントの有無にかかわらず、自分にしかわからない「できごと」みたいなものって、ありますよね。それは例えば、誰かとの出会いとか、別れとか。しっかりと名づけすることもできないようなささやかなできごとのなかに、今の自分にとっての決定的なものが含まれているってこと、ありますよね。

その意味でいうと、わたしにとってのそれは、去年の春、大好きな祖母と家族でお花見したことがそうかもしれない。今も何とか元気なんだけれど、でも、あのお昼間のあの空気のなかで、こうして92歳の祖母とひとときを過ごしたことはきっと忘れられないだろうなとはっきりと思ったなあ。小さな頃から母親のようにわたしたちを育ててくれた祖母と、こうして離れて暮らして、1年に一度会うか会わないかになるなんてそんなこと、子どもの頃は想像もしてなかった。会いに行こうと思えば今だってちゃんと会いに行けるはずなのに、会いに行かなきゃ後悔することもわかっているのに、どうしてか、大人になると体も心も色々なものがくっついて、身動きがとれなくって、いつの間にか、大事なものが、なぜかだんだん遠くなっている。不思議で、悲しいね。

2016｜02｜10

My #instaworthy Life

こんなにも素敵なわたし

ちょっとまえまではフェイスブック、そして最近はインスタグラムで自分の生活をリポートするのが普通になった。食べたもの、買ったもの、訪れた場所、そしてフィルター&アプリの技術の限りを尽くした渾身のセルフィー……。可愛く撮れたときって、わりにうれしいですよね。みんなに見てもらいたくなる気持ち、わかります。

それらを熱心に駆使している、たとえば芸能人たちは、イメージを売るのが仕事の大きな要素だから、ものすごーく手間暇がかかってる。いっぽう無名の人だって、フォロワーが増えてゆくと何かを表現しているような手応えがどんどん生まれる。どんな人であれ、ネットに何かを載せるときは会ったこともなく、またおそらくは会うこともないだろう無数の人間を相手にしているから、「なりたい自分」「こう思われたい自分」を作り上げることができる。

　しかし最近、圧倒的なフォロワー数を誇る欧米の有名なインスタグラマーが、いわゆる「インスタグラム疲れ」を告白し、「あれは本当のわたしじゃなかった」「いつも嘘ばっかりだった」「こんなこと、もう止めます」みたいなことを吐露して、話題になった。

　疲れたな、空しいな、と思ったら止めればいいんだけれど、そうはいかないみたいだ。人間は誰でも承認されたいと思うもの。「こんなにも素敵な自分」がひとたび受け入れられてそれがアイデンティティになってしまうと、それ以上に自分が輝き認められる場を確保しない限り、その運動を止めることはなかなかできないものなのだ。

　自分自身のコントロールのもとに、写真やイメージをカジュアルに載せていただけなのに、気がつくとすっかり自分ではない、なにか見えない大きなちからに乗っ取られてしまっている感じ。有名インスタグラマーの告白記事は本当にせっぱつまっていて、気の毒に思った。

　もちろん、そうしたあれこれがビジネスに結びつくことも多いのだから、仕事と割り切ってたんたんとこなしていければ問題ない。モデルや芸能人は虚像を売ること、消費されることのプロだから、もはやいたずらに傷ついたりしないだろう。しかしプロでもなく、かといって完全に一般人のマインドでもない人たち――いつか何者かになりたいという野心と志向をもっている、プロ予備軍の人々にとって、これらのＳＮＳはほとんど唯一の武器にして、自分のすべてを預けるような無防備かつデリケートな部分なのだ。ＳＮＳ、つまり日々の何気ないひとときがいつだって総力戦なのだ。「疲れるな」と言うほうが無理な相談なのかもしれない。

　自分や、自分の作品に、人々の注目を集めることは難しい。けれど何者かになりたい人は、そこからすべてが始まるのもまた事実。それがどんな大きさや種類のものであれ、「人から認められたい」という欲望は、それにしても色々なものを強《し》いますね。

おかしな話

某女性タレントと某男性アーティストのあれこれが取り沙汰された最近だった。この女性タレントに感じる「戦略的なポジティヴ・強迫観念」について（わりと好ましく）思うところがあったので、わたしもべつの連載コラムでそれについて書いたりしたんだけれど、それよりもいちばん感じたのは「け、結婚って契約は、恐ろしいものだな」ということだった。

ラインのやりとりなんか見ていても、ふたりの関係はいわゆる恋人。もちろん男性は既婚者だったからこんな騒ぎになってはいるのだけれど、しかし、ふたりの関係の原理だけ見ようとすれば、まあどこにでもある恋愛なんですよね。身勝手ながらも男性のほうは離婚を申し入れていたというし、つまり、いわゆる「新しく好きな人ができた」ってことでしょう。男性の側にもし法的な関係者がいなかったら、ここまで問題にはならなかったのかと思うと、色々と複雑な気持ちになる。

社会学者の上野千鶴子氏は、かつて結婚を「自分の身体の性的使用権を生涯にわたって特定の異性に対して排他的に譲渡する契約」と定義して、「そういうものに自ら進んでサインするなんて理解できない」と言った。

もちろんまったく違う定義をお持ちの人もいるだろうけれど、しかし今回の件のふたりにたいする社会の「制裁」は、すべてこの一点を根拠にして行われているのは事実で、人としてどう、とか、キャラとのギャップがどう、とかとはべつに、大衆の正義感のよりどころとして「契約」がここまでちからを持っているということに、改めて驚かされるのである。

仮にもしこれが、婚姻関係でない内縁の妻的存在だったのだとしたら、内実的には同じことが起きているはずなのに、社会がここまでの制裁を下すことはできなかったはずだ。せいぜい「バンドマン最悪」とか「略奪ひどい」くらいの感じで、そりゃイメージは悪くなるだろうけれど、女性タレントのすべての仕事をなくすような効力を発揮することはなかったはず。婚姻という「国によるお墨付き」の正当性をみんなが信じ切って、それで正論をぶつけているつもりになっているのを見ると、なんだかなあ……という気持ちにもなる。

結婚には、「安定」とか「もう恋愛しないでいい」とか「性愛を超えたつながり」といった、色々ないい側面もあるだろうけれど、同時に、「自分の体は自分のもの」「誰かを好きになる」といった人間の自然な心や体の動きに、強烈に理不尽な線を引く行為でもある。

どちらを見るのか、それはその人の自由だし、人生のたまたまのタイミングというべきものかもしれない。しかし、婚姻には——免税とか医療費控除あれこれといったお得な特典がもれなくついてくるので、この選択を現実的に後押しする、という現状もありますね。でも、婚姻する人たちだけが生活のうえで得をするというのは、言うまでもなくおかしな話です。ほんとに。

2016 | 03 | 17

ラブレターの輪郭

Contours of a Love Letter

このあいだ、ふと、ラブレターって書いたことあったっけ、みたいなことを考えた。あった、ような気がするけれど、相手はもちろん、何歳の頃だったか具体的なことは何にも思いだせない。ということは、それは少女時代に文字通り浸りきっていた少女漫画の記憶で、それが自分の過去と混同しているだけなのかもしれない。書いたこと、なかったのかも。

では、もらうほうはどうだろう。もちろん、そんなのもらったことない。高校生になって付き合った男の子と手紙をやりとりしたことはあったけれど、それはいちおうラブレターに入るのだろうか。でも、ラブレターって、どうしても「片思い発」、という感じがありますよね。両思いの相手からもらう手紙はやっぱり定期便だよね。ラブレターは、これが届いたらどうなっちゃうのか本当にわからない緊張感によって特別な存在になっているのだと思う。

ラブレターが手紙という形式だったのは、当時、ラインはおろかメールも携帯電話もなかったからで、でもそれにしたって気持ちを言葉に表してそれを相手に渡す、というのは、今も昔もすごくハードルが高いような気がする。だから、何となく「ラブレター文化」みたいなのがあったように思えるけれど、もしかしたらそれは錯覚なのかもしれない。それしか方法がないから面と向かって告白する、とかのほうが圧倒的に多かったはずだよね。

最近の恋愛事情はわからないけど、現在はもっぱらラインなのかな。いいよね。スタンプとかあるし、時間も気にしないでいいし、会ってなくてもおしゃべりしているようなものだもの。既読スルー、とかそんなのに恋愛の最中にいる人たちはみんなやきもきしてたりするんだろうなあ。

でも、ラブレターをやりとりしたことはないけれど、一度だけ拾ったことがある。学校の廊下のすみっこに、四つ折りになった紙が裸のままで落ちていた。なんやろ、と思ってぱらっと見ると、けっこうディープなことが書かれてあった。宛名はあったけど、書いた人の名前はなかった(女の子の字だった)。そのままにしておくわけにもいかないし、捨てるわけにもいかないし、落とし物に届けるわけにもいかないし。じゃあ宛名の主に渡すかというと、まだ書きかけの段階かもしれないし、それにかなり赤裸々なことが書かれていたから、どんな顔をして渡せばいいのかもわからないし。当時、たしかずいぶん悩んで、それで——それで、わたしは結局どうしたんだったっけ？　そうだ、見つからないように、早朝だか放課後だかに、宛名の主の机に入れたのだった。

　あのあと、ふたりはどうなったのだろう。書いた人が誰なのかはわからずじまいだったけれど、手紙の中には「結婚したら」という言葉がたくさんあった。それを読んで、馬鹿みたいだなと思ったけれど、なぜか涙がじわっとするくらい感動したのも覚えている。

2016 | 04 | 14

夜のラインが見えるとき

Drawing a Line in the Night

もともとお酒は強くもなく、飲む習慣もなかったわたしだけれど、しかし子供を産むまえまでは、定期的にそういう機会はあったのだ。だけど、いま。わたしは個人であるより先にやっぱり子供の母親であると意識させられることが多く、夫婦のほかには子供の世話を助けてくれる人もいないので、夜の外出なんてほとんどない。つまり、友だちと飲みに出かけたり、なんでもない時間を過ごすなんてこと、この4年間、ほとんどしていなかったのだ。

しかしこのあいだ、海外に住む友だちが一時帰国した際に「集まろっか」ということになり、本当に数年ぶりに仕事ではない純粋なプライベートの夜を過ごしたのだけれど、あまりに久しぶりだったために、どんなふうに楽しんでいいのかがわからなくなっていて驚愕した。気がついていなかったけれど、わたしの脳内には仕事と育児のことしかストックされておらず、恋愛話はもちろん、女子の常識的な話に、これもうまったくついていけない自分に震えてしまったのである。

楽しくないわけじゃないんだけど、こう、どこかびくびくして話題についていっている感じがすごくする。たとえばそこで語られている恋愛話のいったいどこがメインで、あるいは相談事であればどこに問題があるのか、これがちっともわからない。そしてそのことにすごく焦るのだ。「好きなんだけど、相手の気持ちがわからないの。どうしよう」みたいな話、理解はできるけれど感情の詳細が見えないというか……そういう機微やリアリティが、わたしから完全に失われてしまっていた。「じゃあ、確かめればいいじゃないですか」以外の言葉がどこを探しても出てこない……。

この感じ何かに似てると思ったら、まったく世代の異なる人たちとカラオケをするあの雰囲気だ。歌詞も読めるし歌も聴けるんだけど、しかし、常に何かが空回っているあの感じ。だんだん心細くなって、ほんとにここにいていいんだろうかと不安になるあの感じ。ああ、ほんとに遠くに来たんだなあ、としんみりする夜なのだった。

けれども久しぶりの再会で、結局たくさん飲んで、夢中で笑い、気がつけば真夜中（っていっても23時とか）。お酒を飲むのが久しぶりすぎてふらふらになり（っていってもビールしか飲んでない）、5年以上ぶりにメイクも落とさず眠ってしまった。そして翌朝、これまた数年以上ぶりの二日酔。しかし母親業にいかなる待ったも存在しないので、吐き気をこらえて朝食を作り、保育園へ送り、そして仕事へ……しかしそれだけでは済まず、慣れないことをしたせいか、そこから一気に体調を崩して風邪をひいてしまったのだった。もう無理なんだな。こうして自分のなかで限界のラインを自ら引いて、少しずつ隠居にむかっていくこれは確実に第一歩なんだと思う、今年40歳のわたしなのだった。

2016｜06｜30

主人などいない

A Husband, Not a Master

結婚して子育てをしていると、日常的にこう、「ウッ」となることが本当に多い。原因は無数にあるけれど、そのなかでもわりに頻度が高いのが、「パートナーの呼び方」なのだった。

恋人なら、自分の場合も誰かの場合も「彼氏・彼女」で、まあ収まる。フェアですよね。でもひとたび結婚してしまえば、そこは「主人・旦那・嫁」みたいな呼称が支配的で、これが本当にもう、イヤになるのである。

夫はわたしの主人でもなんでもないのだから、もちろん自分では使わない。でも、若いママでも、そうでもない人も、ほとんどの人が自分の夫を「主人」あるいは「旦那」と呼ぶし、話し相手の夫についても「ご主人」、「旦那さん」というのが一般的なのだ。

わたしはそれを聞くたびに「2016年に、『主人』って」とめまいがしそうになる。もちろん、みなさんべつに意図があって使っているわけじゃなくて、ただ無意識に「そういうものでしょ」という感じなのは理解できる。そして、ある種の女性においては（まったく信じられないけれど）夫のことを「主人」と呼ぶ生活に、なにかしらのステイタスを感じている人もいることだろう。でも、だからこそ問題なのだ。ある意味で、そういうの、やっぱりすごく鈍いと思うのだ。

だって相手が主人だったら、自分はなんなのでしょう。雇われているのでしょうか。主人、という呼称は、それを使う人とのあいだに上下関係、主従関係があることを示す言葉。ある種の男性たちは、自分の妻のことをこれまた無意識なのか露悪趣味なのか知らないけれど「嫁」などという人もいる。嫁って何だよ。舅、小姑じゃあるまいし。あなたが結婚したのは嫁ではない。妻なのだ。女性だってそう。対等なはずの結婚相手のことを、無意識であれなんであれ、ふだんから何の疑問も持たずに「主人」だなんてへらへら呼んでいたら、ここぞというときに主体性が発揮できなくなってしまいますぜ。そう、言葉は人を作るのです。もちろん人間関係も。

現状、フェアな呼称の落としどころとしては「妻」「夫」、相手の配偶者であれば「夫さん」「奥さん」（↑これも不服だけど）あたりなのが、なんとも歯がゆい。しかしこれこそが、日本が長くジェンダー問題に呼応してこなかったことの結果なのだ。ちなみに「夫さん」といっても「?」と聞き返されること必至なので、わたしは必要があるときは名前で呼ぶことにしています。というか、逆をいえば名前も知らない相手の配偶者のことに「旦那さんは元気?」なんて、そんなのべつに言及する必要なんてないってことなのだ。

ああ、でも呼称だけでなく、フェアネスからはほど遠い、見渡せばそんな要素ばっかりだ。

2016 | 07 | 28

彼女のような人ならとくに

Someone Like Her

先日、トークショウを行った。対談形式で、お相手は詩人の伊藤比呂美さん。テーマは、「女性が生きること」についての全般で、詩人としてはもちろん、女性としても大先輩である伊藤さんとのお話は楽しく、あっという間に時間が過ぎ、やがて質疑応答へ。最後に、20代ぐらいの女性が手を挙げた。「世間では、妊婦に幻想がありますよね。守らなければならないとか、尊いものだとか。でも、いくら妊娠しているといっても、たとえば仕事はきちんとしなければならないと思うんです。周りだって大変なのだから。ひどいと思われるかもしれませんが、そう感じます……自分もいつか子どもを産んだら、優しくなれるのでしょうか」

質問は、こんなような内容だった。

会場は微妙な緊張感に包まれた。まあ、そうだよね。妊婦や子どもに対するネガティブな物言いは、ネットの匿名の意見で最近よく見るようになったけれど、口に出しにくいし、やっぱりこういう場だと独特の生々しさがある。

思うことは色々あったけれど、質問の内容は「子どもを産んだら認識は変わるのか」であって、彼女の意見についての評価ではない。なので、わたしは「子どもを産んだら必ず何かが変わるというものでもない。現に、今社会でベビーカーに厳しいのは子育てを終えたおばさんたち」と回答した。でも、会場全体は彼女の意見に対しての関心に満ち、「そんなの、お互い様なんだから助けてあげればいいじゃないの、信じられないわ……」みたいな微妙な雰囲気。こういうのあまりよくないな、と思いつつ、しかし、妊婦が妊婦マークをつけて電車に乗ることに恐怖を覚えるような最近の状況はやはりおかしいので、基本的にはできるだけ思いやりをもって接していただければありがたい、というようなことも言わざるを得なかった。

でも、じつは彼女の気持ちもわかるのだ。自分に余裕があるときは、そりゃみんなに親切にだってできるだろう。でもそうじゃないときもある。人に優しくできないこともある。職場では色々な軋轢《あつれき》があるものだ。「なんでわたしが」と思ってしまうこともあるだろう。だからこの場合は、妊婦と、質問をしてくれ

とくに。胸がつまったよ。

た彼女が対立するのがおかしいのであって、会社側がこのふたつの立場をしっかりと受け止め、調停するべきなのだ。だからお互い、相手に不満を向かわせるのではなく、会社に申し立てること。ストレス解消ではない「解決」を望むなら、それしかありません。思いやりは必要ですが、あなたがたは、どちらも間違ってはいない。そのことも、お伝えした。

帰り道、さっきの彼女が「あんな質問してごめんなさい」と泣きながら追いかけてきてくれた。泣かないで、何より、謝ることなんてない。みんな生きにくいんだなと痛感した。あんな場所で、本当の気持ちをぶつけざるを得ない彼女のような真面目な女の子であれば、

2016 | 08 | 25

かけがえのない味方

　よく「女の人は十年前のことでも、まるで今のことのように怒ることができる」なんて言われたりする。女性に限ったことではないけど、わたしは確実にこのタイプ。

　若い頃は個人的な怒りがその大半だったけれど、三十代になってからはとくに、女性が女性であるだけで被るひどいこと——つまり性差別的なあれこれにたいしてほとんど毎日のように怒っている。そしてそれは当然、過去にも適用される。

　今から10年以上前のこと。あるレギュラーの仕事を引き受けたあとに、そういえば提示されていなかったな、と思ってギャランティについて確認をしたのだった。すると、男性プロデューサーは露骨にイヤな顔をして、しぶしぶ金額を言ったあと「少ない？　それじゃだめ？」と聞いてきた。交渉じゃないし、金額を把握するのは当然だと思って聞いただけなので（安かったけど）、「大丈夫です」と答えると、「よろしくね」と言って不機嫌になった。そして、しばらくしてから「……さっきのことだけど、あんなふうにギャラについて聞くのはやめたほうがいいよ。だって君は結婚して養ってくれる人がいるんだし。お金にがつがつしてると思われるよ、ほんとに」と首をすくめて言うのだった（当時は会社員の人と結婚していました）。

安いギャラしか支払えないことが恥ずかしくてそれも影響しているのかもしれないけれど、しかしこの、明らかにおかしな物言いに対して、当時27歳くらいのわたしは何も言い返せなかった。それどころか、自分が悪いんじゃないかと傷ついたりもした。困ったように笑って、相手の「俺、良いこと言ってやった」みたいな勘違いを助長するような態度しかとれなかったのだ。でも相手はプロデューサーで、当時わたしは、ほとんど仕事のない女の子だった。

今だったら5万倍の勢いで言い返してぐうの音も出ないくらいゴン詰めて、彼の発言の何が問題だったのかを彼にわからせることができるけれど、本当に悔しいのは、今もどこかでそんな思いをしている女の子が必ずいることなのだ。

「考え方を知る」のは大事だ。言葉にできない苦しさ、悲しさ、疑問——それらを言葉にし、理解することからすべては始まる。何も不自由はない、問題はない、という人であればそれはそれで素晴らしいけれど、しかし自分に問題や不安がないからといって、「考えなくてもいい」ということには、やっぱりならない。日常の、どんなささいなことでも、違和感があればぜひ言葉にして、考えてみてください。そして、誰かと対話してみてください。言葉と、考え方を、身につけること。やってられるか！　と言わずにはいられない社会のなかで、そのふたつはあなたをいつでも励まして、鼓舞してくれる、かけがえのない味方になるから。

2016 | 09 | 08

その女子力に用はない

Doing Away With That “Feminine Power”

「女子力」という言葉が一般的になり、どれくらい経つだろう。死語になるときが来るかと思いきや、そのときどきで色々な文脈で使われるようになり、すっかり定着してしまった感じがありますね。

　女子という言葉も、女子力という言葉もいいと思うけれど、たとえばそれが「飲み会の席での、飲み物や食べ物のサーブ能力」とか「男性を喜ばせる態度としての能力」とか「家事とか育児の能力」などといった文脈で「女子」という言葉とくっつけられて推奨されてたりすると「あほじゃなかろか」と思ってしまう。

　しかし、Ｈａｎａｋｏ読者のみなさまの中にも、たとえば飲み会などで、男性のグラスが空になっていたりするとついつい注いでしまう人、あるいはサラダなんかを取り分けてしまう人、焼き鳥を串からばらしてしまう人って、いるんじゃないだろうか。いくら自分では「こんなのおかしい」と思っていても、上司や周りの男性から「おまえの仕事だろ」というような無言の圧力があれば、無視することも難しいし、波風たてずにやったほうが、結果的にダメージが少なくてラク、というのも、心の底から理解できる。

どうしたら、女性にそういうことを求めるのが恥ずかしいことなのだと男性にわからせることができるのだろう。どうしたら、「セクハラって言ったって、イケメンだったら文句言わないんだろう」なんて馬鹿なことを言う男性に、「問題はそこじゃない」ということを理解させることができるんだろう。そのことを考えると、わたしは澄んだ青色じゃなくて鉛色に沈む、風ひとつない太平洋でも眺めているような気持ちになる。そう、それはぴくりとも動かないのだ。

親切心や、自発的な気持ちによってサーブしたり、家事をやったりすることは何の問題もない。そこに「女なら当たり前」、「男なら当たり前」という性別役割分業的な思い込みがあることが問題なのだ。飲み会の場のサーブ能力にも、家事や育児の能力にも、女子は関係がない。関係あるのは「人間」。だからそれらを取り上げるのであれば、「人間力」として認識されるべきなのだ。都合よく「女子」を消費する風潮はいい加減になくなってほしい。もう2016年なのに。

しかし、何かを変えるのは、自分も大事。だから、待ってないで行動しよう。まずは注がない、取り分けない。とはいえ、こと職場においては年齢&立場的な問題もあるだろうから、まずは同じキャリアの男性がいたら「わたしそっちやるから、あなたそっちね」みたいな感じで男女がフェアであることをその場で意識づけましょう。でもさ、目上の人でも誰であっても「自分のぶんは自分でやれよ」、もしくは「お店の人が仕事としてやる」というのが本当なんだけれどね。しかしまずは小さな一歩。自分の中から間違った「女子力」を消去しよう。

2016｜10｜06

夢のなかのレオは

Leo in My Dreams

夢に、何かを気づかされることって、あるんだろうか。

あるような気もするし、ないような気もする。つまり、ふだん意識していない、意外な出来事や人が出てきたりなんかして、目覚めてからふと考えこんでしまうのだ。さっきの夢にはどんな意味があるんだろう？　本当はわたし、こんなことを思っているのか、みたいな。でもまあ、すぐに忘れちゃうんだけれどね。

直近でいうと、わたしの場合は、レオナルド・ディカプリオだ。

夢のなかでわたしは何人かで会食をしている。なぜか来日しているディカプリオが一緒だ。しかし、隣に座るが、どう見ても、ディカプリオの顔じゃないのだ。夢のなかでわたしは悲しくなる。せっかくディカプリオの隣に座っているのに、近くにいるのに、彼はディカプリオに間違いないのに、そしてすごくいいムードなのに、彼はわたしの思っているディカプリオとまったく違う。なんだか、すごくディカプリオを求めているような、そんな内容の夢だったのだ。

これまでディカプリオという役者のことを、少なくとも夢で見るほどに考えたことなんて、自覚できる範囲では一度もない。なのに、どうしてこんな夢を見たんだろう。わけがわからない。まあ夢なんて理由がないから夢なんだけれど、でも夢のなかの自分自身の感情がやけに生々しく残っていて、意外だった。それからはたと、あることを思いだした。いつだったか、仲の良い女ともだちが「死ぬほどディカプリオが好きだったことがある。彼が何を言っているのか彼の言語で理解できるようになるために、英語をマスターした」と話してくれたことがあったのだ。

いっぽうわたしは、いわゆるスターにそのような気持ちを抱いたことがない。ポスターを貼ったこともないし、好きな芸能人がいたこともない。その話をきいてもなお、ディカプリオじたいには関心はもてなかったけれど、しかしたぶん、話してくれた彼女の過去に炸裂していたエネルギーがわたしのどこかに感染して、それで夢を見たのだと思う。

ラカンが言うように「人間の欲望とは他者の欲望である」と、わたしも思う（欲望するにもお手本が必要という話)。けれど、おなじ人や物を現実において欲望するのではなくて、その欲望の熱量じたいを夢のなかで疑似体験する、という「ねじれ」も、人間というものは持っているみたいだ。

……というふうに考えてみたわけだけど、しかし本当のところはわからない。案外、自覚していないだけで、あの夢の本質はディカプリオじたいにあるのかも。

たしかに彼の代表作『ギルバート・グレイプ』は映画も小説も大好きだ。ディカプリオといえば、この作品一択だ。そんなディカプリオが示唆すること……ひょっとして、自分が息子を生んだことが一因なのだろうか。あるいは、あの作品に出てくる母親の最期と何か関係があるのかもしれない……いずれにしても、ハッピーな感じ、あんまりしない。いや、ハッピーでなくてもいいんだけれど、考えれば考えるほど、深みにはまりそうなので、このあたりでやめておきます。

疲れてるのはこっちだよ

We're the Ones Who Are Fed Up

世界中がどよめいた米大統領選挙の結果。「色々あるけど、さすがに、さすがにトランプはないやろうよ、だってなんだかんだ言ったって、それはさすがにないでしょう？　トランプが勝ったら、これまでの人間の知的営為の蓄積ってなんやったん、ってことになってまうやん」とわたしも思ってた。なんだかんだ言ってヒラリーだと思ってた。でもこの結果。何も言えない。あらゆる意味で壮絶すぎて。

ヒラリーの敗因には複数あるだろう。メール疑惑、富裕層に手厚く感じられる政策や民主主義への不信感。でも、その中のひとつは、やっぱり彼女が女性だったからだ。

トランプはこれまで人種差別、性差別発言を繰り返してそれを実践してきた。トランプと彼のこの差別主義の姿勢を支持する人々は、人間には生まれながらに価値の優劣が存在すると信じているのだ。白人は偉い。男は偉い。有色人種と女性、それからセクシャル・マイノリティは我々に劣る存在である。だから搾取してよい。何をしてもいい。俺たちが偉いということの根拠なんかない。いらない。だって俺たちは白人で、男だから。それだけ。そう言っておけば自分たちがいつまでも快適に生きていけるからだ。それだけ。

　トランプが当選した理由のひとつに「みんなPC（Political Correctness）に疲れていた」というものがある。つまり、「政治的に正しいとされる発言やふるまいに、みんな疲れていた。もっと本音を言いたかった。それをトランプが解放した」というようなことなんだけれど、ばかばかしいと思う。いったい世界の、いつ、どこで、PCが機能していたんだと言いたい。そんなときがいつ存在したのだ？　毎日のように女は性被害にあい、障害者が殺され、性的マイノリティは存在するだけで罵られ、無力な子供たちが殺され、あなたたちはいったい何に疲れたんだと真剣に問いたい。PCなんて機能していない。とくに日本においては、女はつねに容貌を揶揄され、経済的に搾取され、それがあたりまえのように広告や公共機関の表現物として、来る日も来る日も展開される。電車でもコンビニでも、女の裸だらけじゃないか。男の欲望をもてなして慰撫するために、社会が設計されているじゃないか。いったいなんなんだよ。疲れてるのはこっちだよ。

自分たちのほうが強くて偉い。多くの強者たちは、その価値観のなかで育ってきた。それが心地好いから改める必要なんてない。疑う必要もない。だって自分は困らないし関係ないから。

百歩ゆずって、内心では何を思っていてもいい。「女なんかやるだけのもの」「産む機械」。なんだってけっこう。どうぞお好きに。このさい本音なんかどうでもいい。大事なのは建前だ。わたしたちの社会は建前で構成されている。建前＝法が監視して抑制する。肝心なのは、それを「言わせない社会であるかどうか」「それをさせない社会であるかどうか」なのだ。「それをした人間に懲罰を与えられる社会であるかどうか」なのだ。

「すべての人間は平等である」という建前を、どうか機能させつづけてほしいと心から願う。

2017

自宅とはべつに仕事部屋を借りた年。もう引っ越しなんかしないだろうと思っていたので、驚きながらの移動だった。ソファとテーブルと仕事ようの机と椅子が入った日。飾ってあるのは野中ユリさんの作品。今は左側に棚がきて、ワイエスの絵や絵本や絵皿を飾っている。この部屋で長いのも短いのも、たくさんの作品を書いた。

2017 | 02 | 09

冬、手袋、その他の断片

Winter, Gloves, and Other Fragments

毎年、冬は寒いものだけれど、今年はなんだか特に寒いような気がしてしまうのは気のせいだろうか。この数週間はすごく寒くて、では去年はどうだったんだろうと思いだそうとしても、具体的なことは何も浮かんでこない。

季節というのは不思議なもので、基本的に「今」に属することで、そのちからを最大限に発揮する。たとえば、うだるような夏の最中、太陽が真っ白に照りつけるアスファルトの道を歩きながら、わたしは「冬のあの寒さって、どんな感じだったっけ」とよく思いだそうとするのだけれど、「あんな感じだったよな」と頭では理解できても、やっぱり「冬の寒さの本質」からはほど遠く、夏には夏のことしか感じることができないのだった。

おなじように、冬のこの今、「夏のあの暑さって、どんな感じだったっけ」と思いだしても、やっぱり冬のことしか感じることができないでいる。おなじ道を、おなじ体で歩いているのにね。どうも季節の本質、それを成り立たせているおおもとのものは、「今、ここ」でしか、起きあがってこないつくりになっているみたい。そして、夏になんとか想像してみた冬と、今じっさいに過ごしている冬は、すごく似てはいるけれどやはり違うものだということがありありと感じられる。何十回と冬を過ごしてきたけれど、やはりこれは新しい、はじめての冬なのだ。

　そんなことを思いながら歩いていると、手袋がひとつ落ちていた。ぽつねんと、目印のように、あるいは何かの仕掛けのように、手袋がひとつ落ちている。立ち止まってじいっと見ても、それが子どものものなのか、大人のものなのかが、わからない。距離の問題なのだろうか、目の中でわかるのは色と―毛糸でできているという―ふたつだけ。ふたつといえば、手袋がふたつそろって落ちているのを見たことがない。いつも片ほうだけで落ちていて、それが持ち主の手にかえることは、ないのだろう。

　冬の中で咲いている花がある。ひょんなことで訪れた小さな家の小さな庭はイングリッシュローズガーデンで、丁寧に牽引された茎やつるは裸のままで、冷たさにじっと息をひそめている。小さな噴水の水も凍っている。

けれども、間違えたのかせっかちなのか、それともずっと残ってしまっただけなのか、ふたつ、咲いている薔薇の花がある。思いだしたみたいに、何かを引き留めるみたいに、誰かへのとくべつなメッセージみたいに、薔薇がふたつ、咲いている。

今年95歳になる祖母のことをふと思う。わたしにとっては母みたいな存在の祖母はまだ元気でいるけれど、それでも少しずつ、この世界から退場する準備を始めているのがわかる。おばあちゃんと雪の中を歩いたことあったっけ。大阪はめったに降雪しないから、そして旅行にでかけることもなかったから、きっとふたりで雪を見たことなんてなかったのかもしれない。大人になって家を出るまで、おばあちゃんと何度も冬を過ごしてきたのに、思いだせることがほとんどない。おばあちゃんは冬、手袋をしていたっけ、どうだっけ。だとしたらそれは、どんな手袋だったっけ。このあいだ道に落ちていた手袋。あれはもしかするとおばあちゃんの手袋だったんじゃないんだろうか。そんなことは現実的にありえないけど、現実的に起きることだけが記憶の成分ではないのだ。

2017 | 03 | 09

これっていったい何なんだろう

選考委員を務めている林芙美子文学賞の授賞式があったので、北九州の小倉に行った。一泊二日の出張で、飛行機で行くほうが早いのだけれど、しかしわたしは飛行機が苦手なので、往復十時間近くをかけて、新幹線に乗って行った。

新幹線は飛行機にくらべて座席も広いし、ただ座っているだけで——もちろんあらゆる事故とは無縁ではないけれど、しかし少なくとも大きく揺れて「落ちるか落ちないか」の不安&手に汗握ることもない。本を読んだり音楽をきいたり仕事したりすれば、あっというまに数時間くらい経ってしまうのだ。

無事に授賞式を終え、行きとおなじように新幹線に乗る。まだ昼間の明るさのなかを走っていたはずなのに、気がつけば窓の外は薄暮の青に浸され、新幹線は高速で、まっすぐに走っている。飛び去っていく山々や、畑や、家や、川を黙って目に入れる。流れて行く風景のひとつひとつを眺めながら、ああ、わたしがあそこに降り立つことは、一生ないのだな、というようなことを思う。さっき見えたあぜ道。河原。考えてみれば、そんな場所のほうがほとんどで、自分の足がじっさいに踏みしめて立ってみる場所なんて、本当に少ないのにね。

どんどん青く沈んでいく風景を見ながら、これまで死んでいった友人たちのことを考える。

涙が出てくる。なんでこんなに涙が出るんだろう。もう会えないということが連れてくる、これは涙なんだろうか。感情なんだろうか。あるいは、もっとこうしておけばよかった、とか、ちゃんと伝えればよかった、というような後悔にかんする涙なんだろうか。そのどれもが少しずつ本当なんだけれど、でも、夜のはじまりに見分けがつかなくなっていく山の端を見つめながら、この世界のどこをどれだけ歩いても、どれだけ探しても、彼らはもうどこにもいないのだ、ということへの感情なのではないかとそう思った。

写真の中で笑っている。声を思いだすこともできる。どこへ行った、あそこへ行った、笑った、あんなに話をした、最後に会ったのはいつだった？

彼らの肝心なものすべてが、もうこんな頼

りない自分の記憶のなかにしかないのだと思うと、また涙が出てくる。そんなのは、あまりにも不確かで、あまりにも弱いじゃないかと、怖くなる。世界のどこを探しても、もう彼らはどこにもいないのだ。そしてわたしたちはみんな、やがて彼らのように世界から消えて、こんなふうに思い出される側になる。

一時間が過ぎて、一ヶ月が過ぎて、五年が過ぎても、死んだ人は死んだままで、そのことにも、どういう感想をもてばいいのか、わからなくなる。不思議だよね。ついこのあいだまで、こうして新幹線で隣に座って、色んな話をしていたのにね。

いつかまた会える、と思いでもしないとやってられないよねと思う。でも、もう会えない、何があっても、二度と会うことはないのだと思っている、わかっている自分もいる。いったい生きていること死んでいくことって、どういうことなんだろう。これっていったい何なんだろう。子どもの頃から考えていることと、何にもひとつも変わらない。

2017 | 04 | 06

睡眠の向こう側

The Other Side of Sleep

いまいちばんしてみたいことは何か、と訊かれたら、「心ゆくまで惰眠を貪りたい」と即答する。子どもを産んでからもうすぐ5年。長かったけれど早かったけれど、長かった。子育てとは何か、と問われたら、しあわせなことしんどいこと、挙げることは無数にあるけれど、「自分の好きなときに眠れないこと」であるのもまた事実であるのだった。

そう、眠れない。妊娠後期から産んで授乳が終わるまでは、わたしの場合3時間のまとまった睡眠がとれればよいほうで、それが息子が3歳をすぎるまで続いたので、あれらは本当に暗いしあわせが切れめなく続く、今思いだすと複雑な気持ちになって思わずうつむいてしまうような日々だった。眠れないのは、つらい。そしてもうすぐ5歳を迎えようとする最近だって、やっぱり眠りたいだけ眠るなんて、そんなことはできやしない。ひとりだったら平日をなんとか生き延びれば休日というものがあるけれど、土日こそ、子どもの本領発揮というかで、とにかく個人的な休みというものが存在しないのである。見てくれる人も近くにいないし。

いちばんつらいときは、道ですれちがう人を見ても「あの人は何時間寝たのか」「顔色がいい、足取りもいい、8時間は眠っているかも」なんてことをつい考えてしまうくらいだった。それが3年続いたのである。休息なしの睡眠不足は人間を追いつめる。第二子、場合によっては第三子と出産をされるかたもいて、そしてわたしもたまに「ふたりめは?」とか「まだひとりなのね」なんて訊かれる&言われるけれど、個人的には、これはちょっともう有り得ない。わたしの能力不足のせいかもしれないけれど、あんなにしんどい数年間は、人生に一度で、本当にもう十分である。

とまれ、みなさま眠れていますか。子どもがいてもいなくても、生きるということは起きているそのことでもあるわけだから、基本的にはしんどいですね。仕事の都合で、家庭の事情で、思うように体を休められないというのはどれほどつらいことだろう。そういうのが苦にならない人もいるしこなせてしまう時期もあるけれど、何かがぱしゃっと閉じてしまったりするまえに、なんとか長く生きていけるためのペースを確保してほしいと切に願います。「俺らが新人の頃は100時間残業どころか、3徹、4徹あたりまえだったわ」なんて昭和のノスタルジーに浸っている人の話はどうかスルーして、「おかしいな、ふつうじゃないな」と思ったら、しかるべき機関にすみやかに相談してくださいね。

わたしのような自営業、そして家庭の中のルールに沿うだけでもかなりの圧力がかかるのに、いわゆる公的サービスにかかわる人々のストレスはいかばかりだろう……そんなことを知人と話していたら、なんと某鉄道会社勤務の運転職にある方などは、ぜったいに起きられないとまずいということで、目覚ましでも声かけでもなんでもなく、寝ているベッドがですね、こう、反り返るという、嘘かほんとかわからない話をききました。ふつうに起きるだけじゃ完全に目も体も覚めなくて、ベッドがこう、バーンと反るんだと。体が跳ねて、起きられるんだと。想像するだにすごいですね。こうして世界にも類をみないほど規則正しく日本の電車交通が今日も維持されていることに、頭を垂れるしかないのだった。

2017 | 05 | 11

Fourth Time (Un)Lucky?

四度目はありやなしや

交通事故に、三度遭ったことがある。

一度目と二度目は19歳のとき。おなじ年に、なんと両方ともタクシーの後部座席。一度目は対乗用車で、二度目は対自転車。それぞれ、双方命に別状のない人身事故で終わって、当時はほっとしたものだった。

人生で何度交通事故に遭えば、それが多いことになるのかはわからないけれど、わたしの場合「うーん、過去に二回も遭ってるから、もうないよね」となんとなく思っているところがあったのだ。そうしたらこのあいだ、二十年ぶりの事故。向こうは外車の巨大な四駆で、こちらは剥き身の電動自転車。おまけに息子を乗せていて、衝撃の瞬間「今わたしが倒れたら息子は宙に飛ばされて死んでまう」と懸念が駆け巡り、根性でハンドルを握りつづけ、わたしはそのままの姿勢で耐えたのだった。自転車は廃車、向こうもけっこう破損していて、倒れなかったなんて我ながら異常なことで、信じられない。ぜひ、墓碑銘にはその事実を刻んでほしいと心から思う。

それから自転車の運転には細心の注意を払うようにしているけれど、タクシーに乗ってても事故に遭うんじゃないかと、どきどきするようになってきた。

考えてみればものすごい物体に乗って、運転手に命をあずけて、日々移動しているのである。これは電車でもなんでも乗り物であれば基本おなじなんだけれど、中でも飛行機は格別なものがある。航空事故は、ほとんど死亡事故に直結していて、「むちうちで済みました」とか「おでこが切れて」とかでは、ないのである。だからわたしは飛行機がどうにも苦手で、どんなにその安全性を説明されても、お尻の割れ目がむずむずしてしまう。去年だったか、シンガポールへ仕事へ行ったとき、飛行機がゆれにゆれ、本当に怖くて、手のひらにものすごく汗をかいた。もう、冗談みたいに手のひらから汗が出てきて、びしょびしょになるんである。というのも、飛行機のなかではただ手を握って運命を委ねるしかないからで、だからこんなに汗をかくのか……と恐怖のなかでちょっと冷静にもなるのだけれど、しかしあれは怖かった。それから海外の仕事は断っているほどだ。飛行機に乗らないで済むなら二度と乗りたくない。そういう人いますよね。絶対に乗らない、乗れない人。映画監督のラース・フォン・トリアーもそうだっけ。

ところでわたしは、ベートーヴェンのピアノソナタが好きで、中でも32番の第二楽章を心の底から愛している。人生の最期に聴く曲はこれがいいなあなんて、ロマンティックで意味のないことを思ってしまうほど好きなのだけれど、このあいだタクシーのなかで聴いていると、なんだか運転がふらふらしてる。ブレーキも雑だし、ちらちら覗くとなんだかおじいちゃんで、大丈夫なんだろうか……なんて心配していると、ハッとした。もしかしたら、今聴いているこの第二楽章のせいかもしれない、ふだんこの曲を最期に聴きたいなんて思ってるせいで、聴いているときに最期がやってくるのかも、「逆・引き寄せ」の法則っていうか引き寄せの法則じたいが何のことなのか知らないくせになんて不安になって、そっと停止ボタンを押したのだった。みなさまも交通事故、くれぐれもお気をつけくださいませね。

2017 | 05 | 25

Great Horned Owls, Beautiful Creatures

みみずく、美しい生き物

先日、村上春樹さんを一冊まるごとインタビューした『みみずくは黄昏に飛びたつ』を刊行した。村上さんの新作長篇『騎士団長殺し』をメインにとにかく質問の限りを尽くす、と始まった仕事だったけれど、気づけば村上さんのこれまでのお仕事全般を網羅する内容になっていて、ものすごくハードだったけれど、昔ながらの村上さんのコアな読者にも好評いただけているようで、ほっとしている次第です。

タイトルはヘーゲルの「ミネルヴァの梟《ふくろう》は黄昏に飛びたつ」から拝借しており、これにはいろんな解釈があるけれど、大切なことは後になってわかる、というような感じで個人的には受け取っています。それで、村上さんの小説に「みみずく」が印象的に登場するので、梟をみみずくに変えたわけなのだった。

わたしは昔からわりに梟が好きなのだけれ

ど、考えてみれば、みみずくと梟とどう違うのかを知らなかった。みみずくは木菟――木の兎《うさぎ》と書くくらいに小さな獣感があって、もちろん梟も、ふさふさと肉厚で可愛らしい。調べてみると両者に大きな違いはなく、耳が付いているように見える種類の梟をみみずくと呼ぶみたい。

みみずくも梟も（ネットでだけど）見れば見るほどに可愛くて、ふと「みみずくって飼えるんだろうか」と思ってしまった。またまた検索してみると、過去にハリー・ポッターが世界的に流行したぐらいに梟を飼いたいという人が増えて、欧州ではちょっとしたブームになったのだと。日本では日本産の梟を飼うことは法律で禁止されているけれど、輸入された梟なら飼うことは可能なようで、一羽がだいたい15万円から20万円、寿命はおおむね犬と同じくらい。

意識としてはまるっとひとつ部屋をあてがって、そこそこの大きさのケージを設置する必要があるのらしい。そして全く知らなかったのだけれど、梟&みみずくは生肉を食べるのだそうで、びっくりした。まあ猛禽類だからそりゃそうなんだけれど、血から栄養を摂るので血抜きされて販売されているものではダメで、飼い主がラット、つまりネズミなどをその都度に捌いてあげる必要があるのらしい。すごい手間だし、これは結構すごいことではないだろうか。

大変なせいか、だから梟&みみずくの死因のいちばんは飢死であり、やっぱり毎日ラットを捌いたりするのは無理があるんだろうか。それを聞いて、一滴だけあった「みみずく飼えたら素敵だな」というふわっとした妄想は消滅し、まあ普通の生活では無理だよね。それにしても餓死なんて、いたずらに飼われた梟&みみずくには気の毒なことだけれど、猛禽類に限らず、犬でも猫でも人間の横暴さには常に脅かされているわけで、ペットショップやブリーダーは一刻も早く免許制になればいいのにと思っている。

でもまあ、梟&みみずくは、家にいたらいいな、毎日その姿を見られたらいいな、と思わせてくれる美しい生き物で、気がついたら家にはみみずくのモチーフ物が何個もあって、そういえば金沢に旅行に行った時もお土産の梟&みみずく推しがすごかった。今度、念入りに収集したい。

2017 | 07 | 13

花よ、いとしいきみ

Oh Flower, My Lovely Flower

　わたしはわりと花が好きで、贈るのも贈られるのにも心がときめく。お気に入りのフラワーショップがあって、中でも特別に好きなのは、ル・ベスベさん。アレンジメントの素晴らしさはなかなか筆舌に尽くしがたいところがあるけれど、きれいで可愛いだけではなくて、それら美しさを支えている、儚さと暗くてやさしい夢のような雰囲気に満ちていて、本当に素敵なのだ。何でもないときも、保存した画像を眺めてはうっとりした気持ちになる。

　花は好きなだけで、詳しいことは何にも知らない。知ってる花の種類も数少ないし、ごく控えめにいって素人である。子どもが生まれるまえはガーデニングめいたことにわりに凝って、あれやこれや育てていた時期もあったけれど、それ以降は生活が劇変して、なかなか手入れするのが難しくなった。でも、今でも花を見るのは好きで、何の花が好きかときかれたら、「クリスマスローズ」と「すずらん」のふたつです。

べつに共通点のないふたつの花だけれど、控えめな印象がありますよね。クリスマスローズは日陰で、色んな色があるけれど、わたしが好きなのは、くすんだうすい紫や白、あるいは葉と似た色の花びらで、ひっそり咲いているのをよく見かける。とくべつなかたちをしているわけでもなし、いわゆる鮮やかさとも縁がない。いつだったか、いったいわたしはこの花の何が好きなんだろう？　とクリスマスローズのまえで考えこんでしまったことがある。地味で、特徴のないこの感じ。でも、見つめていると、こう、胸の奥から「いとしい」とか「素敵だなあ」といった気持ちがむくむくとわいてくる。日にむかって顔をあげていないところもいいのかも。うつむきがちで、これこそが人生ではないだろうかと（花に人生は関係ないかもだけれど）、ある種の真実というか、そういうものを感じてしまうのかもしれない。

すずらんにもやっぱり同じ気持ちになる。ころころと花が小さく咲いて、見ているだけで「ああ……」という気持ちになる。すずらんの根には毒があるらしいけれど、その裏腹な感じも悪くない。すずらんを見ていると、「生まれてきた子ども」と「生まれてこなかった子ども」――生まれてくる以前と以後、という、どうもわたしの創作の要であるともいえそうなこの感じを、なぜかいつも思いだしてしまう。

いつだったかジュネーブに行ったとき、季節は5月の初夏で、町にはすずらんがあふれていた。本当に、どこを歩いてもすずらんが売られていて、聞けば5月のはじめは、大切な人へすずらんを贈る風習があるのだって。いいですよね。カフェや街角のちょっとした雑貨店でも売られていて、多くの人がすずらんを手にしていて、至る所にすずらんが満ちていて、町がとても美しかった。

日本ではあまりすずらんの花が売られているのに出会わない気がするけれど（そんなことない？）、そんなだからわたしは、すずらんモチーフのものがないだろうかと、日々、少しだけ気にしているところがある。花柄のものは数多《あまた》あるけれど、品が良くて手に入れたい、と思えるすずらん柄というのはとても少なくて、見つけたら目が血走ってしまう。アスティエ・ド・ヴィラットがお気に入り。

2017｜10｜05

感じて考え、思いだす

Feel, Think, Remember

早稲田文学という文芸誌の臨時の編集長となり、『女性号』という一冊を作りましたという話は先月書いたのだけれど、それがとうとう発売となり、そしたら信じられないことに予想を上回る売れ行きで、ほとんど完売のようなあんばい、悲鳴をあげている最中なのである！

本来ならば「嬉しい悲鳴」といいたいところなのだけれど、今回はちょっと勝手が違い、これが単なる「悲鳴」であってしまうのにはいくつかの事情がある。

本というのは通常、売れれば増刷してまた売ってゆく、というサイクルなのだけれど、しかし『女性号』は雑誌でもあるために、最初から増刷については考えていなかったのだ。つまり、最初に作ったぶんが売れてしまえばそれで終わり、ということなので、今現在、もしかしたら欲しいと思ってくれている人に届かないかもしれない事態になっており、悶えまくっているのです。

「増刷したらええやんか」

そう思われる方もいるでしょう。しかし権利関係や費用など越えなければならないハードルがいくつもあり、なかなかおいそれとはいかぬ状況ではあるのだった。とまれ、これをみなさんがお読みのころには解決しているといいなと思うのだけれど……。

それはさておき、やっぱり嬉しい。

古今東西、さまざまな女性作家の作品を掲載することができて、どの作品も本当に素晴らしい、だけでなく愛しい気持ちが心の底からわいてくる。

文芸誌、というとなんだか文芸全般に興味がないと関係ないような感じもするけれど、でもみなさん、昔、ありませんでしたか？　さみしいときとか、じいっとしているとき、ノートとかメモ帳になんでもない言葉や気持ちを書き付けたりしたことが……。

出すあてのない手紙や、伝えるあてのない感情を書いたり読んだり、そんなことが……。

もちろん創作がそのポエジーと完全にイコールであるとはいえないけれど、でも多くの方を通過した「ああいう気持ち」が、今号にはたくさんつまっているんです。それでいて、これまで女性がどんなふうに物を書いてきたか、読まれてきたかを追体験できる作品も数多く、感じて考え、思いだして、胸がときめく――そんな一冊になったと思っています。

で、個人的な高まりについてひとつお話しさせていただければ、小学生のときのわたしのポエジー、銀色夏生さんもなんと今号にご寄稿してくださり、さらには中島みゆきさんのあの名歌詞も再録……詩歌も炸裂しています。ぜひぜひ！　お読みくださいませな。

で、これも前回に書いたけど、『女性号』を知ってもらうためにわたしインスタを始めたんだけれど、みなさんの温かいまなざしのおかげで、なんとかまだ、続いております！（涙）コメント欄での心おだやかなやりとりなど、殺伐とした日常の励みにしてオアシスと化しています！　ぜひ、覗きにきてやってくださいね。川上未映子で検索してね。

では最後に『女性号』掲載の短歌からひとつをみなさんに。

観覧車回れよ回れ想ひ出は
君には一日《ひとひ》我には一生《ひとよ》

栗木京子

2017 | 11 | 02

Between the Finite and the Infinite

それは有限と無限のあいだで

5歳の息子は細身タイプで体重が16キロ。とはいえ抱っこして階段を昇り降りするのはほとんど限界になってきて、それでも事あるごとに抱っこをせがんでくるのだから、腰がいくつあっても足りない感じ。重さ痛さに顔をしかめながら、それでも無理して抱きあげるのは、こんなことにもすぐに終わりがやってくるのだと思うから。来年はもう抱っこして階段の昇り降りなんてないだろうし、友だちといるのが楽しくなって、今みたいに何をしていても「かあか、かあか」「見て見て」なんて言わなくなるのだ。時間が経つのはあっというま。何もかもが過ぎ去ってゆく。「いつまでこんなふうに抱っこできるかねえ」。ひいひい言いながらちょっとだけ淋しく思いながら独り言みたいに呟くと「ずっと抱っこできるよ」と息子。「そうやな、できたらええなあ、でもこれからどんどん大きくなるから、かあかはもう抱っこできひんくなるんやで」「できるよ」「できるかなあ。あっ、でも＊＊がおっきくなったら、かあかはおばあちゃんになって、きっと＊＊より体が小さくなってるから、そのときは＊＊が抱っこしてよ」。そう言うと、何やら複雑そうな顔。

「かあかは、おばあちゃんになるの？」

「なるよ」

「……おばあちゃんのつぎは、何になるの？」

死、と子を産むまえのわたしなら即答していたかも知れないけれど、これにはぐっと躊躇してしまった。車に気をつけないと死ぬよ！　死んだらもう会えないよ！　ぐらいのことはいつでも話しているけれど、「気をつけてもつけなくても、やがて確実にこの生を捉えてしまう本気の死」についてはまだ詳しく話していないのだ。「いやだ、おばあちゃんのそのつぎには、ならないで」と弱々しい声でぽつり。

息子が生まれてから「いつかこの子と死に別れる日がくるなんてなあ」と思わない日はない。けれど、老いの先に何があるのかわからないにせよ何かを感じ取って不安な目でいる息子を見ていると「だいじょうぶよ！」という気持ちになるからこれが不思議だ。なんにも怖いことないし、なんにも平気。ほれ、笑ってください、みたいな気持ちになるんである。あの世とか輪廻とか信じてないし、みんな死んで確実にすべてが終わるときが来るのでべつに大丈夫なわけではないんだろうけれど、息子といると、これがなんか、どーんとした気持ちになるんである。有限にたいする解像度が低くなるというか。

この感じ、なんだろう。いずれ死ぬのに生まれてきたというこの「強制参加」の理不尽さに、わたしは物心ついたときから怯えてきた。決して解決しないその負の遺産めいたものを自分が子どもを産むことで無理やり譲渡というか先送りにしたことで、ある種の鈍さというか肯定感を得たのかもしれないけれど、いずれにしても利己的、まことに勝手なことである。

でも、こうなったら息子には「生まれてきたけど、まあまあいいところだな」と思う感受性の持ち主になるように、ある程度までは親として努力するしかないなとそう思う。今のうちにできること、今のうちにしかできないこと、たくさんあるね。5年経っても相変わらず手探りだけど、そう思いながら、毎日毎日、抱っこしています。

2017｜12｜07

涙がでる人

Those That Make You Cry

一年以上前から準備してこの秋に刊行した『早稲田文学増刊　女性号』、実に82人の女性の書き手に登場してもらったこの一冊も、このあいだ刊行を記念して開催されたシンポジウムをもって一段落。ああ、ほっとしたけどなんか燃え尽きてしまった感もある。

で、当日は朝から夜中までの激務かつ、夫もシンポジウムを聴講に来るので、息子の世話のために大阪から姉に二泊三日で来てもらうことになった。もちろん仕事として。ふだんはどんなに忙しくても親二人で生活を回しているので、もう一人信頼できる大人が家にいてくれることが育児にとってどれだけ心強いことか、改めて思い知ったのだった。

姉とわたしは年子で、ひとつ下に弟がいる。つまり全員年子のきょうだい。我々は運良く性格があい、子どもの頃から周りが驚くほどに仲がいい。息子も赤ん坊の頃から頻繁に会っているので、二人でどこでも出かけてゆく。姉には中学三年生と一年生の息子がいて何もかも、勝手知ったるという感じ。そして私と何もかもが似ていない。明日は今日より絶対に楽しくなると思える性格で、好奇心も旺盛、明るく楽しく、とにかくポジティブ思考の塊。こう書いてしまうと「そんな人間おるんか」と言ってしまいたくなるけれど、それがいるんである、姉なのである。だから、姉とある程度の時間を過ごすと自分がいつもと違う雰囲気になっていることに気がつく。イライラしないし、仕事のことを忘れている時間が長くなるし、例えば、子どもの頃に好きだった、けれど今はもうじっくりと見つめることもなくなったきらきらしたブローチや雑貨なんかをガラス越しにいつまでも見つめたりして、色々なことを思いだす。8歳のあのとき。自転車なんかじゃ無理なのに、荷台にタオルをくくりつけてわたしを乗せてどこまでも走り、大好きなおばあちゃんのところに行こうとしたこと。大きな声を出すと機嫌が悪くなる、眠っている父親にびくびくしながら、それでも暗い部屋でこそこそといつまでも楽しい話をしていたこと。転んで膝からたくさんの血がでたこと。大きくなってからは、喧嘩もたくさんしたこと。そんな話を直接するわけじゃないんだけれど、甘いものを食べたり、散歩したり、うわあこれかわいい、とか言って笑ったり、寒くなったなあと肩をすくめたり、そんな他愛のないことをやりとりするなかに、それらが自然と立ちあがってくる。

その感覚はやっぱり幸福というものに関係していて、姉といるとその雰囲気にずっと包まれているような気持ちになる。もちろん家族であれきょうだいであれ、つまりは個人同士の相性なんだけど、じゃあ仮にわたしたちが他人だったとしたらこんなに仲良くなれただろうかと考えると、多分なっていなかったんじゃないかとも思う。好きなものがあまりに違うし、そもそも出会うことが困難なような気がする。つまり、わたしたちがたまたまきょうだいとして生まれたことが、わたしたちの関係のスタートであり最も重要なことなのだった。これは逆もそうだね。きょうだいでなければ憎しみあう必要もなかったという人は、本当に数多くいるだろう。

見送るとき、手を振るとき、思わず泣いてしまう相手というのがいますよね。またすぐ会えるのに。おかしいよな、と思いながらまた目をこする、冬の始まりなのだった。

2018

若い頃は着る機会があったのだけれど、なぜかこの頃、着物の美しさにふたたび目覚め、なにをみても着物にしかみえない時期があった。なににでもいわゆる「沼」にはまると大変なことになるのは周知の事実だけれど、それが着物である場合、もう、とんでもない具合になるらしい。それを察知したのか、そもそもの飽き性のせいか、わたしの着物熱は一年くらいでじわっとおさまり、けっきょく、沼にははまることなく、遠くから少し眺めてみるというあんばいで済んだらしかった。でも、まだ一度も袖をとおしていない着物がたくさんある。どうしたらいいのだろう。

着物沼

Addicted to Kimono

人間、どこで何にハマるのか、想像もつかないものだなとあらためて思う。わたしの場合は着物である。きっかけは昨年秋の息子の七五三で、久しぶりに着た訪問着だった。着物というものは美しいけれど面倒で、手入れも億劫、自分じゃ着られないから日常的に楽しむってこともできないしで、若い頃、仕事で必要に迫られて着ていた時期もあったけれど、やっぱりいつも遠くにあった。それから世間では何度か着物ブームがあったけれど、目に入るだけでまったく興味をひかれなかった。

しかし。二十年近くぶりに着物にふれてみると、「なんだこれ……」みたいな興奮がじわじわと湧きあがり、どうしようもなくなってしまったんである。着物を着ることよりも、帯の刺繍とか着物の柄とか、帯締めの色彩とか、そういう「ブツ」のテクスチャーにまずはこれ、虜になってしまったんである。

それまでもファッション雑誌の一角にある素敵な着物コーデを眺めることはあったけれど、自分とは関係のないものだった。しかし見れば見るほど着物のコーデは、一口で言ってしまうと「やりがい」があるように思え、というのはつまり、わたしにとって初めて「形式のあるファッション」だったのである！

小紋、付下げ、色無地、訪問着……着物と帯それぞれに格があり、その組み合わせにもさらにあり、柄や素材は格に加えて季節にかかわり、帯締め&帯揚げ、そして履物にもそれらがびっちり付随しており、とにかくルールが眩しいのである！　これまでなら「はいはいむりむり」で遠くから眺めるだけで気が済むはずのものに、言い換えれば「底なしの沼」に、なぜわたしは自分からハマりこんでしまったのだろう、こわい！

それからというもの、わたしの毎日は着物とともに運行され、調べに調べまくる日々。道を歩いていても目に映る色のすべてが着物と帯に見えてしまい、架空の帯締めをセットしてしまう。あと、はじめて知ったんだけれど、着物雑誌に掲載されている着物って、値段書いてないんですよ。すべて問い合わせっていうか、たまに金額がついてるのを発見すると、「帯留め50万円」とかそういう世界……雑誌じたいも二千円以上して、ファッション雑誌でいう「スナップ」的なページもあるんだけれど、登場されているかたの紹介のところには「お立場」の項目がさらっとあって、静かに震えるのだった……。

　それからというもの、わたしも手頃なものから少しずつ購入するようになり、少しずつだったはずがなんでか週一になり、それが毎日になり、どうすんのこれ。っていうか、おそろしいのは着ていくところなんかどこにもなく、それどころか自分で着ることもできないのに、いったいこれらはなんのために……と途方に暮れるのだけれど、しかし、帯も着物も美しい。道明さんの帯締めなんてすべて欲しい。本当に美しいのだ。何時間でも見つめていられる。このあいだ衝動買いしてしまったグッチの赤くてミニのドレスは十年後に着るのはきついだろうけど、この子たちはいける！　わたしが何歳になろうとも！　いつまでも!!　と言い聞かせて、今日も仕事のあいまに呉服屋を検索しているのだった。こわい。

2018｜03｜22

ひな祭りの可能性

Doll Festival Potential

春の行事と言えば思いつくのは花見くらいしかないわたしだけれど、そういえば少し前にひな祭りがあった。わたしには姉がいるので、まあしてもいいような状況ではあったんだろうけれど、きちんとしたひな祭りのお祝いというものをしたことがない。けれど、大正生まれの祖母がこどもの頃から持っている小さな木製の雛人形というのがあって、三月になると、時々その顔もわからない木彫りのちょこちょことしたのを並べて眺めたのを覚えている。

で、このあいだ。なんとなくネットの記事を眺めていたら、「ひな祭りに隠された女の子の性教育」なるものを見つけた。詳しくは直接ネットで記事に当たって欲しいけれど、「女の子へ、男性や性的なことについての知恵を授ける性教育の日」的な一面を、ライトに紹介したものだった。例えばちらし寿司。

この記事によると「高野豆腐のように甘い人、ゴボウのように歯ごたえがある人、ちりめんじゃこのように頼りない男の人がいるけれど、みんな散らして、しっかりとかみ分けて、自分に合った男の人を選ぶんですよ」というメッセージが込められているという説。また、菱餅は「おひし」とも呼ばれ、女性器を菱形に見立てたもので、正座が崩れると「おひしが崩れる」と昔の女性は教えていたとか。白酒は諸説あるけれど男性の精液のことを指しているとかいないとか。大蛇を宿してしまった女性が白酒を飲んだら胎内の大蛇を流産することができたということから、「悪い子を授からないように」という願いも込められているとか、いないとか……。

一読、「余計なお世話じゃ」「時代錯誤ある」で済んでしまう何気ない内容だったけれど、記事は「女の子が恋するお年頃になったらちらし寿司の意味を教えてあげたい」と締めくくられており、わりと本気なのかもしれない、と震えたのだった……。

ひな祭りはその原型が平安時代に発祥したと言われていて、男女問わず無病息災を祈るために人形を作ってそれを川に流したりする行事と、その頃流行っていた女の子たちの人形遊びがドッキング。まだまだお祓い行事として認識された室町時代を経て江戸時代、今の女の子に特化したお祝い行事になったのだそう。性教育的な側面があるとしたら、それがいつから登場したのかはわからないけれど、言葉によって、そしてこのようにメンタリティをコントロールしたい、という無形の欲望によって、物事の意味というのは上書きされるものなのだなとあらためて感じ入る。ちらし寿司にそんな意味を見出したい人がいる&いた、なんてこと、41年生きてきて初めて知った。

　女の子のしあわせとはいい男をつかまえること、良い子を産むこと——そういう人もたくさんいるけれど、女性のリアリティ、つまり誰かの妻となったり仕事しながら子を産み育てることの良さもしんどさも含めたリアルな部分が周知になり、そのままを信じて行動できる人の方が珍しくなってきた。

　もちろん、ちらし寿司を食べるときにいちいち意味を確認する人は少ないだろうし、白酒もそう、ただの伝統的なイベントとして適当に楽しむというのが現在なのだろうけれど、せっかくだからこのあたりで何か、女の子たちをエンパワメントするような、べつの解釈を考えてもよいかもしれないね。

それは問題、大問題

わたしは車の免許を持っていない。

多くの友人たちは、高校を卒業すると同時に、あるいは誕生月の兼ね合いでは在学中に教習所に通い始める人もいた。何十万という費用は親が出し、車も親のものを使って練習したりしていた。

自家用車を所有したことのない家庭で育ったので、車を運転するということに興味や実感が持てなかったし、また仮にわたしが興味を持ったとしても、そんな高額な費用を親に出してもらうことなんて考えられなかった。仲の良かった友達のなかで、免許をとらなかったのはわたしぐらいだったと思う。

まあべつだん興味もないし、電車があるし、行動範囲も広くないから何ひとつ不自由を感じることなく過ごしていたけれど、当時つきあっていた男性たちに、なんとなく「免許とろっかな」みたいなことを言うと、怪訝な顔をされたことを思いだす。そしてそのあと「いや、向いてないからやめておいたほうがいい」とか「ぜったい事故に遭うよ」とか「簡単と思ってるかもしれないけれど難しいんだよ」みたいなことをこれ、みんな判で押したように言うんである。

わたし個人の性質に問題があり、それにたいして言ったというのもあるんだろうけれど、彼らの条件反射的な「むりむり」には、わたしが女性であることも少なからず関わっていたと思う。例の「女に車の運転は向いてない」っていう無根拠なあれ。免許が欲しいんだよね、という男友達に、即座におなじ反応をするとは思えない。

当時のわたしは本気で免許が欲しいわけじゃなかったから流したけれど、今ならこう言うだろう。

「は？　あんたは免許持ってんでしょうよ。自分にもできたことがなぜ、人にできないと思うの？　あんたにできたんなら、当然わたしにもできるでしょうよ」

子どもができ、四十代になった今、免許があるといいなと、昔よりも具体的に思う機会が増えた。

子どもの世話に便利というのもあるけれど、誰かに乗せてもらうのではなく、「自分でハンドルを握って自分で運転して移動することができる、どこにでもいくことができる」ということを想像すると、それだけで胸がぱあっと明るくなるのだ。

好きな色の車を選んで、好きな匂いをさせて、好きな音楽をかけて、好きなように走る。これは「自分の部屋」とおなじくらい、長いあいだ、女性には与えられなかった権利であり、常識なのだ。いつでしたっけ、袴をはいて自転車にまたがるハイカラ女子は、サドルで股がこすれて処女でなくなると揶揄《やゆ》された時代もあったのだ。

しかし「昔の社会、本気かよ」なんて笑ってもいられない。現在も、女性に限界をもうけるいろんな「常識」は、至るところに散らばっていて、毎日ほとほと疲れてしまう。

「細かいことにうるさいなあ」「もっと大事なことがあるんでは?」なんて言ってくる人には、「あなたに問題が見えていないだけ」と返事しましょう。「なぜ、それがあなたの問題にならないかもついでに考えてみたら?」とぜひ、セットで。

2018 | 06 | 28

好きなものは

「好きなものは玻璃薔薇雨駅指春雷」——これは、１９１９年に生まれて二冊の句集を刊行し、最後は消息不明になった俳人、鈴木しづ子の句だけれども、ときどき自分ならここに何を並べるかなあ、なんて考えたりする。花のなかではクリスマスローズとすずらんが好きだけれど、収まり悪いしなあ、とか。

　わたしはなんとなく、自分は花が好きだと思っているし、またじっさいに好きなのだけれど、しかし昔から好きだというわけではなかったよな、というようなことも最近はよく考える。昔は花をもらっても、実はよくわからなかった。どんなふうに喜べばいいのかもわからなかったし、家に持って帰ってからどうすればいいのかもいまいちわからなくて、花束なんかをもらうと少しだけ不安になったものだ。

　いつだったか家じゅうが花だらけになった

ことがある。

仕事の都合で文学賞などを受賞すると花が届けられるのだけれど、いちばん量が多かったのが芥川賞をもらったとき。次から次にもうやめてくださいというくらいに花がきて、小さな部屋は花でいっぱいになり、隅々まで匂いを充満させたかと思うと、いっせいに枯れていった。あれはなんとも言えない気持ちになった。

あのあとくらいから花の何かが気になって、いつしか自分で花を植えたりするようになったのだ。でも花の手入れには時間がかかる。生き物ほどとは言わないけれど、たとえば観葉植物がひとつあるだけで家を空けられる期間も限られる。子どもが生まれてから、鉢植えが増えることはなくなった。またいつか楽しめる日がくるといいなと思うんだけれど。

素敵な花屋さんがたくさんある。インスタでフォローして、そしてじっさいに大切な人に贈る機会があれば注文してどきどきして、いつもため息をついている。

そして、花にはどこかしら解毒作用みたいなものがあるようにも思う。わたしは帝王切開で出産したのだけれど出血が多く、不眠もあって、けっきょく数年間、大きく体調を崩した。傷を治すのにも授乳にも大量の血液が必要なのに、なぜあのとき鉄分や増血剤を飲まなかったのだろうと本気で悔やんでいる。

目はかすみ、手は震え、人生でいちばんしんどい時期だった。それがホルモンバランス崩壊の産後クライシスにつながって、何もかもがイヤになってどうしようもなくなったとき、誕生日に夫が花を贈ってくれたことがある。それまで怒りと苦しみしかなかったのだけれど、その美しい花を見た瞬間、自分のなかの「しんどい物質」がふわあっと分解されたような気がしたのをよく覚えている。

もちろんまたすぐに日常に戻ったけれど、でもあの一瞬には涙がでるほど救われたし、花に助けられたという実感がすごくある。わたしにとってあれは「できごと」だった。年をとったりしんどさを知るごとに、花の美しさだけではない存在が、しみるような。いつかもっと年をとって、どこか遠くで暮らして、庭にすずらんとクリスマスローズを植えて育てたい。かなり本気で夢想しています。

「夏みかん酸つぱしいまさら純潔など」
しづ子の、この句も思いだす。

2018 | 08 | 23

A World Without Mail

何も届かなかった世界

世の中には、いろいろな「力」があるよな、としみじみ思う。それは、物理的な力というよりは精神に付随するような能力で、時代とともに、流行り廃りもあるような。

新書なんかでも、とりあえず「〜力」みたいにつけとけばいいだろ、みたいな時期もありましたよね。今ちょっと見ただけでも、あるわあるわ。そういえば女子力なんていうのも、けっこうしぶといですね。

でも、それが何力でもいいんだけれど、本当にその「力」というか傾向を持ってる人って、それを何かしらの「力」としては認識していないような気がする。たとえば、いわゆる社交能力なんかが高い人のほとんどは「自分、コミュ力高いわ」なんてわざわざ認識したりするようなものでもないだろうし、空気が読めない人だって、ＫＹみたいな言葉が生まれて人から言われることで「そうなんか」

と固定されたような気がする。つまり、力が欠如してる場合は揶揄されたりいちいち反省しがちなんだけれど、充足しているぶんには、自然にやってのけるというのがまあ、ほとんどなんじゃないだろうか。

ところで。みなさんはメールとかSNSとかのレスは早いほうですか、遅いほうですか。スマートフォンのせいで良くも悪くも、応答のすべてが生活の一部になっているというか、身体化されてしまったよね。気づきたくなくても気づいてしまうし。とくにわたしは仕事場と自宅がべつなので、パソコンの前に座っている時間が限られており、メールは携帯電話でチェックが当たり前になっていて、レスはすごく早いほう。携帯で文字を打つ速さはアシスタントのミミが「まじですか」と震えるほどだ。でも、知人友人にはこうした環境の変化をものともせず、神々しいまでのスルー力を発揮している猛者たちもいるのだった。

たとえばわたしの友人の大学教授。一年前に送ったラインが、まだ既読にならないんだよね……。なんでなんだろう。何度も会っているし、話すのに。で、なんで見てくれないの、と聞くと、恐ろしいことに、それにはとくに理由はないらしいのだ。わたしにだけそうなのかと聞いたら、そういうわけではなく、メールなどでも件名をちらと見て「急ぎじゃないだろうし、面倒な頼まれごとっぽいな」

と思ったら、もう読まないんだって。ラインに至っては家族以外のって開くこともしないとか。すごくないですか。ほかにも、たまにメールのアプリのところに352とか数字がついてる人とかいて「!」ってなる。

すごい心臓だぜ……なんて思っていたけれど、我が身を振り返ってみれば。じつはわたしにも似たようなスルー力があるではないか。それは書類、郵便物。わたしはなぜか、そうしたものの存在が見えないのである。郵便受けがどうなろうと、書類がどれだけ山積しようと、本当に何も気にならない。存在しないのである。

郵便受けは夫が、そして書類はミミがやってくれるから循環しているけれど、一人暮らしのときは本当につらかったし、何ヶ月も何年も遅れで無茶苦茶だった。社会人として問題であることは理解しているけれど、人それぞれ傾向ってありますよね。そういえば、子どもの頃って、何も届かなかったなあ。

2019

いろんなことがあったけれど、長編小説『夏物語』が刊行された年でもあった。大きなポスターと一緒に。数えきれないくらいたくさんの方に取材していただいたことを覚えている。その後、『夏物語』は多言語の翻訳をへて、思いがけないくらい遠くのたくさんの読者に読んでもらうことになった。

息のすべて

　寒い冬も少しずつ和らぎ、もうそこに春の兆しを感じられる季節になりましたね、皆様はいかがお過ごし？

　わたしは数ヶ月没頭して書いていた長編を無事に発表することができてほっとしております。秋の終わりから年内いっぱいの記憶もおぼろ、とにかく終わってほんとによかった。しばらくしてから単行本化の準備にとりかかる予定だけど、なぜか、なぜなのか、もうつぎの長編にとりかからねばならず、今年も忙しくなりそうです（白目）。

　家事育児がガンとして生活の中心にあるなかでの長編執筆はなんともキツかったけれど、なんとか乗り切れたのは、持久力のおかげだったのではないかと思う。そう、40歳になったのをきっかけに、ほとんど毎日のように規則正しく筋トレとランニングとヨガをやっており、その習慣が支えてくれたようなものなのだ。なんともベタな話だけれど、でもそれがほんとなんだよね！

で、定期的に体を動かしはじめて「よかったな」と思えることは色々あるけど（走り終わったあとは本当にハイになってふだん生きてるだけでは得られないポジティブさが炸裂するんである）、それ以外にもいくつか気づいたことがある。日常生活で、なんか調子悪いな、元気でないな、憂鬱だな、と感じることってないですか。わたしはめっちゃあります。一日のうちだいたい三時間くらいは、ぐずぐずとそんな感じで過ごしている。そんな「なんか、気分がのらんな」という状況のときにハッと気づいたのが「呼吸」なのだった。


またまたありふれた話のように思えるけれど、でもこれも事実だからしょうがない。わたしの場合、なんか調子があがらんなというとき、じつは呼吸が浅くなっていることに気づいたのだ。というより、ほとんど息を止めているのに近くって、それで苦しくなって大きな溜息をつくのを繰り返していた。睡眠時の無呼吸症候群が問題になっているけれど、起きているときにもそれに近いことが起きていたというわけです。それ以降、しっかり呼吸をすることを意識すると、あれあれ心身が開いていくような。

呼吸でえらい違うもんやな、と実感したのはヨガをやっているときなのだけれど、いつ条件は無数にあるけれど、呼吸というのは、改めて人の生き死にに直結してますよね。最初に息をして人生が始まり、最後に息が止まって人生が終わる。実存的にして象徴的だね。

もとおなじ時間おなじことをしても、深い呼吸を数多く意識するとしないでは、当然のことながら血中酸素の量が変わるので汗のかきかたがこれ、本当にまったく違うのだ。であるなら、ヨガをしていないときの体でもおなじことが起きているに違いないとはたと気がついたけっか、気をつけてみたら効果てきめん。だから、色々気をつけてやってんのに最近なんかあかんのよな、という方は、毎日のなんでもないときの息の仕方を、注意して意識してみてほしい。集中してるときとか、考えごとしてるときとか、わりと無呼吸になりがちなんです。

でも考えてみれば、生きてるということの

2019 | 04 | 26

そのときケアが生まれた

When "Care" Was Born

去年の夏、肌が日に焼けないように意識的に頑張っていた時期があった。というのは、わたしは基本的なＵＶケアをしても本当にいつも真っ黒に焼けてしまう肌質なので、ふと「本気でＵＶカットを徹底したらどうなるのか」と思いたったのだった。日焼け止めはもちろんありとあらゆるサプリを飲んでダフト・パンク並の装備で死ぬほど暑い夏をふうふういいながらやりきった。

そんな夏の終わり頃、息子を迎えにゆくとママ友のひとりに「なんか焼けたねえ？」と声をかけられた。やっぱりそうか、とほほ。内心がっくりしながら話して別れ、そこにべつのママ友がやってきた。話しの流れで「これ以上ないくらいにＵＶケアやってみたけど、さっき久しぶりに会った＊＊さんから焼けたって言われたわ、まったく意味なかったわー」と笑いつつ失敗談ふうに話したら、温厚な産婦人科医のそのママ友が「……そういうことって、思っても言わないでいてほしいよねえ」とそっと優しく言ったのだった。

そのときわたしはびっくりした。「自分にむけられた誰かのこうした発言にたいして、このように思ってもよいのだ」ということに、わたしは本当に驚いたのだ。

つまり、これまでのわたしは、明らかに悪意のある発言や、差別的なもの、あるいはプライバシーを侵害するような発言にかんしては、その宛先が誰であれ、眉をひそめたり非難する気持ちはもちろんあったのだけれど、そうではない、ぎりぎり「感想」の範疇にとどまる思いや発言にかんしては、つねに発言するほうの自由が尊重されるものだと思っていたのだ。それは言い換えれば「率直さ」でもあって、その率直さと、それにたいして「うっとなる」自分の気持ちを比べたとき、相手の率直さにクレームはつけられまいと思い込んでいるところがあったのだ。

だから、その温厚なママ友が優しく「言わないでいてほしいよねえ」と、しかもわたしを気遣ってくれるようにリクエストの気持ちを述べたとき、わたしは本当にメウロだった(目から鱗)。それは、「言わないでいてほしかった」という感情がはじめてわたしのなかに生まれた瞬間でもあったのだ！

そうか、世界には「言わないでいてほしか

った」という感情があったのだ、そのように思ってもよい角度があったのだ、率直さを優しく拒否する自由が、世界にはあったのだ……！　そのことになんだかすっごくじいんとしちゃって、息子を載せて電動自転車で家に帰るあいだずっと、「言わないでいてほしかった、言わないでいてほしかった……」と、まるでおまじないのように頭のなかで反芻《はんすう》し、くりかえせばくりかえすだけ、自分のなかの硬かった部分がこう、じわじわあっとゆるく柔らかくなっていくのを感じるのだった。

誰かの率直な物言いにたいして、自分の気持ちを優先して「言わないでいてほしかった」と告げるのはハードルが高いかもしれないけれど、でも、せめて胸のなかで「言わないでいていてほしかった」と思うくらいは、すごくいい。これって自分自身をケアするってことでもあるのかも。生きていると、知らないことといっぱいある。

2019 | 05 | 28

夢のなかで光ってる

Shining in a Dream

わたしは毎日必ず夢を見る体質で、物心ついてから夢を見なかったことがない。これを言うとわりに驚かれるのだけれど、本当なのだ。はっきりくっきり思いだせる夢もあれば、感触だけがぽやんと残るような、あるいはとても抽象的な映像だけのときのこともあるけれど、とにかく何かしらを見て、その記憶を持ったまま目が覚める。

　一説によると夢を見ない人というのはおらず、それを覚えてるかどうかの違いであるそうな。夢を覚えていない眠りというのを経験したことがないので、それってどんな感じかなあと興味がある。目を閉じて起きたらつぎの瞬間だった、ってことはなくて、なんか、なにかしらの間があった、という感じは残ってるんだよね？　夢を覚えてるのと覚えていないの、やっぱ覚えてるほうが疲れそう。夢がしんどすぎて起きた時点でくたくたになってることも、多いもんなあ。

で、そんな夢のなかでも、わりと濃く残ってるものが多くって、それが現実とごっちゃになることがわりとある。ふとしたときに「ああ、＊＊とあそこに行ったのって、もう二十年もまえになるのか。あのとき、こんなことがあって、こんなことを話したなあ、う、懐かしい」なんて思いだして、その友だちに会ったときに言ってみると「え？　行ってないけど」みたいなことが、昔からよくあるのだ。

わたしとしては、実際にあったほかの出来事を思いだすときとまったくおなじ濃度と具合で再生されるので、これが本当に見分けがつかない。人と一緒の、事実かどうかをたしかめようと思えば確認できるものだけじゃなくて、「あのときこういう道を、こんなふうに歩きながら、あのことについて考えたりしてたなあ」みたいなひとりきりの記憶にも起こることが多くて、だんだん、起きている自分が経験したことなのか、夢のなかで経験したことなのか、自信がもてなくなってしまう。

でも、もちろんなんにも思いだせないけど、赤ん坊の頃ってこんな感じだったんだろうな、とも思う。記憶にも身体にも時間にも、あらゆる意味で世界のどこにも境目がなくて、自分という認識すらもないような、時間ともいえないような時間を、言葉をもたない時代のわたしたちは生きていたのかもしれない。それで、うんと年をとってゆくと、もしかしたらおなじような状況にまた戻ってゆくのかもしれない。実際に起きたことと思い浮かべることの違いがなくなって、こうであってほしかったという願いと現実が混ざりあい、生きている人と死んでいる人がごく自然に言葉を交わし、そこではなんだって起きるようになるんだろう。やがて世界はすべての境目をなくし、自分というものもなくなって——いったいそれはどんな世界なんだろうな。

眠りとは死の練習だとはよく言うけれど、そのふたつはどれくらい似ていて、どれくらい違うものなんだろうね。死んだことがないからわからないし、死んだ人にきいたこともないからわからないけど、いつまでたっても不思議だな。ああ、初夏の風が吹いている。いろんなものが、光ってる。

2019 | 07 | 26

夏物語

長編小説『夏物語』の刊行も迫り、最近は怒濤のプロモーションで、たくさんの方々にお目にかかる日々。拙作に関心を持っていただけて、本当にありがたいことだとしみじみ。話をしながら、「ああ、こんなことは本当にひとつも当たり前のことではないのだ」と感じ入ります。

　これまで作品を書いてきて、ストーリーも設定も違うけれど、でも創作の根っこにはどうも「倫理全般への興味」があるように思う。倫理的な問題というのは、善悪や真偽、それか正しさとは何かとか。なかでも、一度にたくさんの人が共有した問いの代表格は「なぜ人を殺してはいけないか」になるのかな。

　『夏物語』の主人公・夏子は38歳。一度だけ売れたことのある、けれど書けない売れない形ばかりの小説家。セックスもできないしパートナーもおらず、スナックで働く姉と姪っ子がおり、およそ親になる条件は揃っていないけれど、いつしか「自分の子どもに会ってみたい」と思うようになる。では、どうしたらよいのだろう。夏子は精子バンクの存在を知り、さらにはＡＩＤ（夫婦間で夫が無精子症だった場合、他人の精子を使って子どもを作る方法）で誕生した逢沢潤という男性と知り合い、心を寄せていく。一方、おなじくＡＩＤで生まれた逢沢の恋人の善百合子は「子ども自身は生まれてくることを望んだわけでもなんでもない。病気を患い、痛みそのものとしてすぐに死んでしまう子どももいる。そんな存在をこの世界に誕生させるのは、これ以上はない暴力である」と言う。夏子は善百合子の言っていることを心から理解することができる。では、じゃあ、どうするのだろう。

わたしたちにとって、最も身近な、とりかえしのつかないものは「死」であると思うのだけれど、おなじように、生まれてくることのとりかえしのつかなさというものもあって、それについて書いてみたいとずっと思っていた。子どもを生むことは素晴らしいことだと、多くの人は疑いもしない。だから、生んだ女性は生んだ理由を聞かれることはないけれど、生まなかった女性は理由を聞かれることが多い。でも、もう昔みたいに、結婚して親になって、という人生のイベントは当たり前じゃなくなりつつある。決断が迫られる、大きな選択であることは間違いない。子どもを生むって本当はどういうことなんだろう。会いたいというのは、本当のところはいったい、どういう感情で、衝動なんだろう。会いたい人に会うとき、いったい何が満たされているのだろう。そんなことを登場人物たちと悩み、考え、そして大笑いしながら、書き上げることができました。ぜひお手にとって、読んでいただけると嬉しいなと心から思っています。

『夏物語』にはたくさんの登場人物がいて、色んなことを書いたけれど、夏子のおばあちゃん「コミばあ」への気持ちが軸にもなる「祖母恋モノ」とも言えるかもしれない。わたしには母のような祖母がいて、小説家は嘘ばかり書くけれど、作品内で夏子がコミばあを思う気持ちは、わたしのものでした。それで書き終わってすぐに、祖母が亡くなってしまい、偶然なんだけど、こんなタイミングでいなくなっちゃって。2019年。どうしたって忘れられない、夏になるなあ。

2019 | 08 | 28

素敵な夏を

長い長い梅雨があけ、ようやく晴れ空がやってきた、どころか、この数日はすでにかんかん照りと言ってもいいくらいの真夏日がつづき、こんなに暑いと息もできない、なんて今度は勝手なことを言っている。そう考えると天気って、とくべつですよね。こちらからはいつも見つめて気にかけて、時には生死にかかわるくらいに重要なのに、むこうからは、わたしたちの存在なんて、どんな意味においても無なのだもの。

さて、夏。夏の思い出とはなんだろう。夏といって思いだすのは、いつだろう。わたしはやっぱり子どもの頃かな。夏休みは永遠で、西瓜はあくまで大きくて、新聞紙に散らばる種。そして水は白に光りに、輝いていた。裏の空き地でみんなで花火をする夜は、朝からうきうき、そわそわしていて、火がついて吹き出して音がして、きれい。ただそれだけのことに黒目を濡らし、あれは、世界のいちばんきれいで、素敵な時間にして、部分だった、本当に。

　子どもを育てていると、それらがめぐってくる一瞬がある。一瞬だから、あっ、と思うとその感覚はすでに過ぎ去ってしまっているけど、わっとこみあげて、胸がいっぱいになってしまう。何が何を思いだしているのか、よぎっているのかはわからないけれど、でも、もう思いだすこともできない昔のある一瞬に、わたしの心に焼き付いた何かが、もう一度やってきてくれたような、それはそんな瞬間なのだ。抽象的すぎて、何を言ってるのかわからないかもしれないですよね。でも、子どもと何でもない道を歩いているとき、木の陰をくぐるとき、かさぶたのついた小さな膝小僧を見たときに、そんな一瞬がやってくるんです。

　そして、それらの時間を一緒に過ごした、今はもういなくなってしまった人のことを思う。わたしの場合は祖母。いつかそこに、母も、姉も加わり、弟も加わり、誰もいなくなってしまうのだろう。もしかしたら、誰よりもわたしが先にいなくなるのかもしれないけれど。思えば、子どもの頃からこんなことばかりを考えていた。

　青空と同義のような夏、終わりのない夏、光るばかりの夏、団地の友達みんなでパピコを食べながら、楽しさに汗をかきながら、いつかもうみんなが会わなくなって、それぞれを思いだすこともなくなる日が絶対に来るのだと、すべてが失われるときが来るのだとはっきり思って、ブランコを漕ぎながら、笑うふりをして泣いていたことを思いだす。もう会うことはないだろうけれど、こうして思いだしてはいるから、半分あたりで、半分はずれだね。どうかな。

七歳の息子は今、そんなわたしの「瞬間」をまさに生きている最中にある。遠い将来、思いだす何かを、思いだせば生きていける力になるような何かを、この夏に感じることはあるだろうか。出会うことはあるだろうか。

それはとくべつな出来事のなかにではなく、場所にではなく、葉っぱがただきらめき、音もなく汗が垂れ、水を吸った土が匂いを放ち、雲がさらに白く青く見えるとき——そんなところにある、何かなのだと思う。

どうかみなさま、素敵な夏になりますように。

2019 | 09 | 28

ぬいぐるみ事情

手にとって、ときめかないものを捨てていくのがもう何年もすごく流行っているけれど、あれはみんなが無意識にしていた行為に名前をつけて、それが作法になってゆく例だった。しかも「スパークジョイ」なんていう天才的な表現だったものだから、それ自体にみんなの心がときめいて、ときめいているのかいないのかよくわからないままに、しかし部屋はきれいに片付いていくのだと思う。

でも、ときめかなくなったものをすべて捨てることができたらいいけれど、物と自分の間にはときめき以外の関係があって、例えば「義理」……。洋服でも「もう着ないけど世話になったなあ」みたいなものもあるし、家具だって「ぴくりとも動かず、よく耐えてくれたなあ」みたいな、ときめきとは縁遠い、くたびれた夫婦のような渋めの哀愁がくっついているものが少なくないのだ。

あとは、やはり物にも格というか距離というか近さがあって、その最たるものは何と言っても「ぬいぐるみ」ではなかろうか。

教えて欲しい。いったいどうやったらぬいぐるみを捨てることができるのか。彼らは、長い時間を一緒に過ごした後はもう、物言わぬペット&家族的な存在なのだ。

しかし、ぬいぐるみがものすごい数になるのは事実。安定した実家のある方は、自室がそのままになっていたりしてそこに保管しておくこともできるけど、住んでいるところが世界のすべてである私のような人間にとってはこれが大問題なのだ。これまで買ったぬいぐるみはほとんど一緒に暮らしており、二十代半ばで新たに買うのは終わりにしたのだけれど、今度は息子が生まれてこれが無類のぬいぐるみ好きだったのだ。

ドラえもんの「バイバイン」よろしく増えてゆくぬいぐるみ。そこにポケモン愛も加わって、ものすごい数いるんですよね。そしてそのすべてがまた可愛いのなんの。ただでさえ物が多すぎる家で、リビングにはぬいぐるみが山のように積まれており、そしてそれは絶対に減らないことが約束されているのも同然なのだ。だって、ぬいぐるみをどうやって捨てたらいいものなのか、どんな気持ちで捨てればいいのか、家の中で知っている人間が一人もいないのだから……。

本当にこの先、ぬいぐるみをどうすればいいのだろう。誰かに譲るものでもないような、もちろんゴミ袋に入れるものでもない気がどうしてもしてしまう。彼らがその他のものと根本的に違うのは、やはり顔があるからなんだろうなあと思う。そう、顔があるかどうか。

話はズレるけれど、昔友達が飼っていたハムスターが死んだ時に埋めに行くまで冷凍庫で保管していたと聞いて私は飛び上がったのだけれど、彼女に言わせれば「どんな肉でも冷凍してるのに、なぜ」と不思議そうだった。いやそれは……と狼狽しながら他の動物の肉といったい何が違うのかといえば、やはり顔がついていることなんじゃないだろうか。そう伝えたら「じゃあ魚は」と返されて、確かに魚は頭がついたまま保存するけど、つまり、哺乳類ってのが大きいような気がする。でも魚のぬいぐるみだって捨てられないわけで、そのあたりいったいどうなっているんだろうかな。

2019 | 12 | 26

ねえ、十年って永遠みたいだと思わない？

Ten Years? Isn't That Like Forever?

「ねえ、十年って永遠みたいだと思わない？」――これは村上春樹『羊をめぐる冒険』の冒頭に出てくる女の子の忘れがたいセリフだけれど、この小説を読んだ十代の頃、私もそんなふうに思っていた。青春の最中はいつもすべてが発熱していて、冴えても冴えなくても歩みは遅く、早くもっとべつの、どこかもっと違う場所や自分になりたかったし、行きたかった。十年先のことなんか想像もできなかったし、目の前のすべてがすべてでありすぎて、そんなものがあるのかどうかもあやしかった。

けれどあれから三十年近い時間が経ってみると、青春の先にあると思っていた時間とはまるで違う時間を生きたように思う。たしかに十年を3セットも生きたのに、若い頃に遠くに感じた「十年」は増えもしないし、減りもしない。色んなことは変わったけれど、けれどずっと同じ場所にいるのだ、あのときも、このときも。その意味でやはり、十年は永遠なのだと思う。

十年といえば、私がこの仕事についてから流れた時間でもある。正確に言うと十二年。それを記念してこのたび、文藝別冊『川上未映子』という、一冊がまるまる私の仕事についての文章で構成されたムックが刊行されたのだった。敬愛する小説家、詩人、歌人、俳人、役者、翻訳者、評論家、哲学者、社会学者、文学者、そして編集者たちが様々な角度や視点から、私の仕事について語ってくださったものが収録されていて、なんとも贅沢な一冊なのだ。


気づかなかったこと、気づけなかったこと、そんな読み、あんな受け取り、指摘と示唆がみなぎっていて、不思議に面映ゆさみたいなものを感じることは一切なく、あるのは清々しい緊張感といいますか、さらにさらに厳しい目で、過去とこれからの自分の仕事に向き合うための、素晴らしい励みと機会をいただいたように思っています。

表紙は、気鋭の写真家の神藤剛さんに撮っていただいたのだけれど、鋭さの中にも明るさのある彼の写真に最大限に見合うものにしたい気持ちから超絶いけてるアメリカのブランド、BATSHEVA（バッシャバ）のスパンコールのドレスを海外から取り寄せて着ることができた、のだけれど、全身がまじゴールドのスパンコール＆歩くたびどころか息をするたびにそれが鱗のようにハラハラ落ちまくるので、どう考えてももう着る機会、ないんだよ……書店でぜひ手にとって見てほしいし、インスタグラムもやってるので、この特集のために召喚されてたった一度で燃え尽きたドレスの勇姿、どうか目撃してやってほしい……。

そんなわけで、「まだ十年、もう十年」みたいな気持ちもあることにはあるんだけれど、やっぱりここでも「十年」は、どうしても実感めいたものを持たず、それを生きてきた自分自身にとっては逃げ水や陽炎《かげろう》のようなのだ。

こうして四十三歳になった今も私は、「ねえ、十年って永遠みたいだと思わない？」が、どうしてもわかってしまう、どうしても迫ってしまう——そんな単時点にいるのだった。でもねえ、みんなもきっとそうじゃない？きっと、息をひきとる間際でだってこのセリフ、胸の底から囁やけるような、そんな気がする。

2020

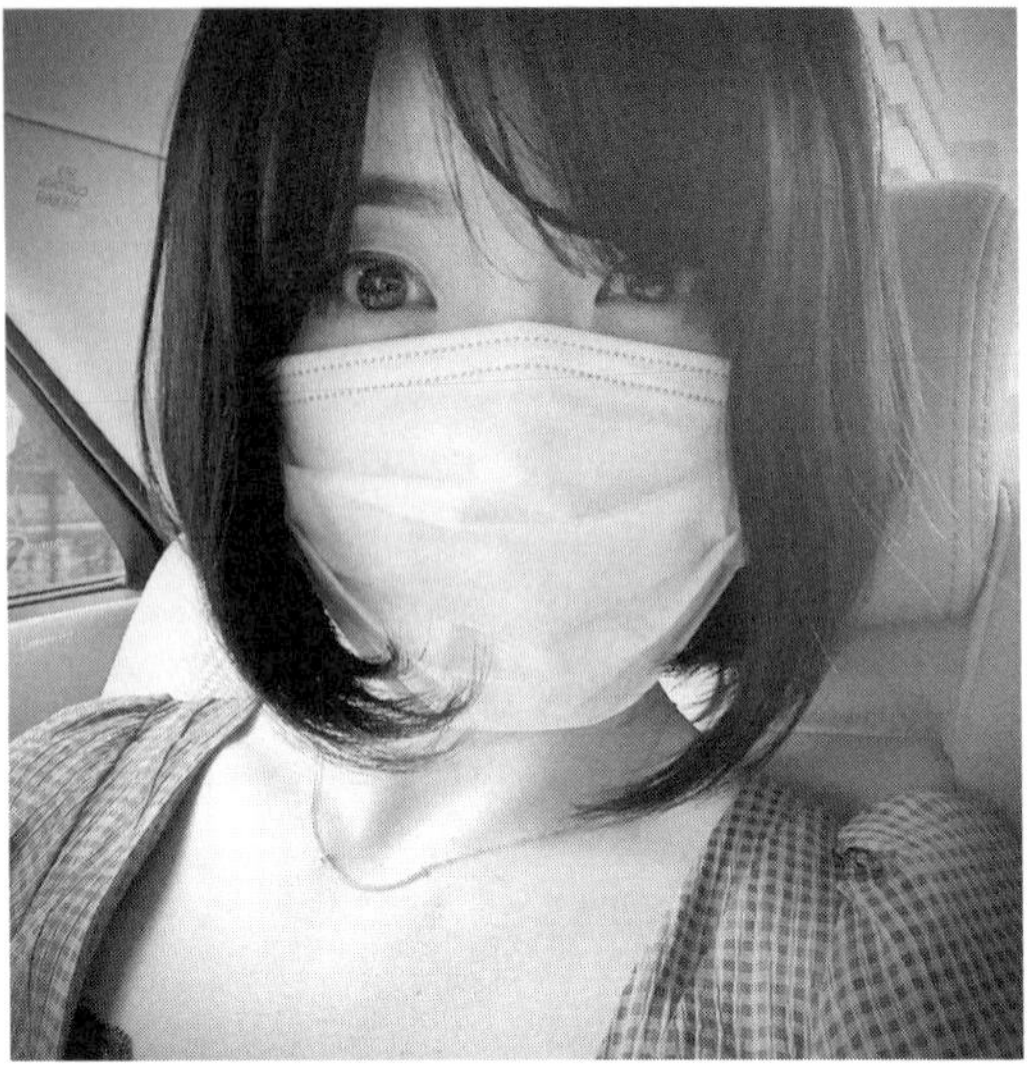

感染症の始まった年。これを書いている現在からみると3年前だけれど、本当に3ヶ月くらいまえの体感しかないので、もうどうなっているんだろうな。こんなに時間が経つのが早くていいのかと思うけど、いいも悪いもないいんだろう。けれどあっという間に時間が過ぎるよな、と思うようになったのはいつからかというと、やっぱり19歳前後あたりではないだろうか。この年齢が人生の折り返し感覚地点であるというのはあるのかも。マスクを求めて、マスクをつけて暮らした日々。

2020｜04｜27

春の確率

Probability of Spring

これを書いている今は4月の半ば。コロナウィルスをめぐるあれこれは、一ヶ月前に想像していたのとは全く違う状況になってしまった。幾つかの都市では緊急事態宣言が出されて、新宿や渋谷、東京駅といった日々無数の人々が乗り入れするスポットはひっそりとしているけど、生活圏にある駅前や街には、相変わらず人々が溢れている。今の東京は、かろうじて目は開いてるけれど、全身がだるく麻痺して起き上がれない、そんなような感じがある。いや反対かも。かろうじて体は動かせるけれど、もう頭は働いていないとも言えるよね。

で、7歳息子の学校の閉鎖、自宅学習が始まり、親も家を出られず、家の中はカオスである。うちだけではなく、ふだん顔を合わせないことで適切な距離とかろうじての思いやりを保ってきた夫婦&家族の生活が激変して、いろんなところで問題が出てきているみたい。少しのことでイライラし、冷静になれる場所もなく、ＤＶは増加し、コロナ離婚なんて冗談めいた言い方があるけど笑えない。ツイッターで区役所勤めの方が「今日は離婚届が飛ぶように、本当に飛ぶように出た。一日に二度補充したの初めてかも」みたいなことを呟いていらした。リアリティあるぅ。

それにしても、なんというか、こういう時こそ様々をポジティブに考えて行動できればよいのだけれど、わたしの場合、この緩やかな非常事態がふだんなんとか蓋をして塞いでいる「自堕落さ」と結びついてしまって、これがもうあかんのである。何か重たい液体に押し流されるように体が重く鈍くなって、ケアもしないし区切りがない。肌もかすかすになり、でもま、非常事態やしな、と思うたびにまたどこかが沈んでいく。

でも、これも至極呑気でありながら、奇跡的なことなのだと思う。命を脅かす災害が起きたとき、あるいは逃げ場のないような有事が引き起こされたとき、わたしたちがふだん無意識に信じている、「今、ここにこうして確かに生きている一回だけの、これ」というようなものは、すべて「確率」に変換されてしまうのだ。積み重ねてきた何かとか、運命めいたようなものはすべて「確率」の産物になってしまう。このことが今、あまり緊急に感じられないのは、今はまだ確率が低いと何となく感じていられるから。ウィルスだけのことじゃなくて、地震だってそう。明日のことはわからない。生きていると、ふだんは見えないわたしたちのもう一つの可能性がふと見えてしまうことがある。例えばわたしたちは確率において暫定的に「生き残っている」だけの何かであり、減ったり増えたりする単なる数であり、全体として進化あるいは後退しているある「種」であるというような。今回のコロナウィルスに関しても、どこからそれを捉えるかで、今、頭の中を占めているムードは少し変化すると思う。

　しかし、確率であれ数であれ種であれ、変わらないのは常に最前線でこの均衡を保つべく行動してくれている人々への感謝と敬意であり、今、思いもよらないことが身に起きて悲しみと苦しみに打ちひしがれている人たちの存在だ。無数にある世界がたった一つであることにわたしは何度でも驚いている。

2020 | 05 | 28

暗い穴のあるところ

Where There's a Dark Hole

この原稿を書いている時点では、自粛要請が出てからまだ一ヶ月も経っていないけれど、もっと長い時間を過ぎたような気がする。COVID-19をめぐるあれこれは専門家たちのあいだでも意見が割れつづけ、三日前の情報がどんどん古くなっていく。そんな中でわたしたち市民にできることは、ずっとアナウンスされているように、できるかぎり「家にいること」だけなのかもしれない。

しかし生活はつづいている。今回の非常事態はどうしても東日本大震災のときの大混乱を思いおこさせるけど、やっぱりこのふたつは違うもので、その違いについて、あるきながらぼんやりと考えたりする日々だ。

あれは4月の初め頃だったかな。まだ緊急事態宣言が出される前で、でもいろんな噂が飛び交っていた。わたしのところにも、仕事相手から「議員から直接受け取りました」というロックダウン情報が送られてきたりした。そのあと似た内容のメッセージが何件もシェアされ、結局噂されていた当日のロックダウンはなかったものの、数日のちに緊急事態宣言が出されることになった。ロックダウンというのが何なのかよくわからなくても「ああ、何かが始まるんだな」というインパクトは確かにあった。

そんなふうに落ち着かない中で、ある日わたしはスーパーにいた。買いだめが懸念されていた最初の時期で、みんな気のせいか足早に見える。ひとりの男性がカートの上下に載せたかごいっぱいに食料品をつめこんでいて、ちょっと気まずい雰囲気が流れもしたけれど、でもその男性の家族構成とか事情とか、誰にもわからないことなのだ。夫婦だけ、子どもと3人分、5人家族、親と同居でもしかしたら7人というご家庭だってあるかもしれない。買いだめと買い出しでさえ、わたしたちには判断のつかないことなのだ。

スーパーの棚はいつもどおりだったけど、アルコール売り場の商品ががらがらになっていた。それを見た瞬間、なんとなく心の底の方がくらりと動くような気がした。わたしはふだんお酒は飲まないし、強くもないし、べつに欲求を覚えない。でもその瓶や缶がほとんどなくなったアルコールの棚をじっと見つめていると、なんだか「もう、飲んだろかな」みたいな気持ちになって、自分でも少し驚いたのだった。

　こういう仕事なので影響は遅延的で逼迫した変化も当時はなく、べつにやりきれない何かが明確にあったわけでもない。息子の学校が休みになり、仕事のやりかたや分担をめぐって夫婦で激しい言い争いをしたくらいで、べつに珍しいことでもない。でも、なんだか胸の下の方をこう、暗いものがつうっと流れて「いっそ、むちゃくちゃになるまで飲んだろかな」みたいな、そんな気にふとなったのだ。それはただお酒を飲むというそのままのことではなく、少し離れたところに暗い穴があって、そこに吸い寄せられるように自分から落ちていくようなイメージを想起させた。

　なんだって一瞬なんだ、と思った。人生の色合いや行く先を決める何かは、案外こんなふうにして存在しているのかもしれない。そしてその一瞬がいつやってくるのかは、自分では決められないものなんだと、そう思った。

2020 | 06 | 27

いつもどおりにみえる初夏に

An Ordinary Day in Early Summer

緊急事態宣言がなされて、子どもの学校は休校となり、多くのお店も閉まり、生活に大きな変化が出たのは、今から約二ヶ月ほどまえ。オンライン授業とか、ズーム取材とか、見切り発車的に投げ込まれた色々なものにようやく慣れてきたと思ったところで、解除の報せ。それ自体は嬉しいことだけれど、何だかあれこれが目まぐるしくて、気持ちがちょっとついていけない、そんな感じ。

それにしても、海外の作家や知り合いと話すと、どうして日本はこんなに死者数を抑えることができたのか、みたいな話になる。いっときはニューヨークの様子を見て、二週間後、日本もこうなってしまうのだ、という危機感もたしかにあった。けれど幸いなことに今のところはそうはならず、何ならいつもと変わらない初夏の風景が広がっている。心は緩むし解放される気持ちもあるけれど、でもどこか空恐ろしいような、言いようのない不安がこう、斜め後ろからこちらをじっと見ているような、そんな感覚が拭いきれない。

　BCG有効説や、生活様式の違いが反映されたとか、初動のクラスター潰しが奏功したとか、色んな説があるけれど、どれもまだわからない。とにかく今回のウイルスに関しては未知なことが多く、わたしたちができる／わかっているのは、うがいと手洗いの徹底と、マスク。あと、できるだけ人と距離を保ち、飛沫に気をつけることとくらいなのだ。

　ポストコロナ、ウィズコロナ、ニュー・ノーマル……色々な言説があちこちに見られるし、それぞれが重要な考察でもあるのだとはわかっていても、でもみなさんもどこかで感じているように、そうは言っても人間って、なかなか変わらないものだと、そんなふうにも思いませんか。

　勤務形態が見直されたり、集団学習の概念が変わったりはすることもあるのだろう。でも、そういうことにも、わたしたちはすっと適応してすっと慣れて、変化したことにも気づかない、そんなふうにして生活はこれからも、鈍く、何となく、ずっと続いていくのではないだろうか。

　災厄のときに、忘れてはいけないことがいくつかあるのだと思う。

　わたしたちは、何事であれ、とても忘れや

すいのだということ。どんな気分に浸るのも構わないのだけれど、でもその渦中にあっても、わたしたちが忘れたことに気がつかないくらい忘れやすいということは、決して忘れてはならないのだと思う。

そして、多くを語るのはいつも外にいて忘れることのできる人たちで、忘れられずに覚えているのは、そのつらさや悲しみを言葉にすることもできないまま、ずっと生き続けるのは、当事者なんだということ。そして、自分がいつか何かしらの当事者になってしまうことを恐れたり、現在、運良く当事者でないことに感謝したり安堵するのではなくて——今この瞬間に、つねにどこかに当事者がいて、ままならない現実を生きている人が必ずいるのだということ——そのことについて、やはりわたしたちは考えつづけなければならないのだと思う。

すべてが等しく無価値に

2020 | 07 | 28

When Things Become Equally Worthless

みんながSNSを使うようになって10年と少しくらいだろうか。インスタグラムがこんなに盛り上がったのはこの6年くらい？　わたしは2年半くらい前に責任編集者として作った『早稲田文学増刊　女性号』の広報のためにアカウントをとってインスタを始め、ツイッターのほうを2ヶ月前に始めたのだけれど、両者の雰囲気はまったく違う。もともとツイッターのほうは読むためだけのアカウン

トを持っていて、そこでは美容やコスメやフェミニズムや子育てなどについて呟いている方々をフォローしていたのだけれど、じっさいにやってみると色々と新発見も多いのだ。

インスタは基本的に相互のやりとりがメインではなくそれぞれが一方的に眺めるもので、文字も小さいしオピニオンはそこまで歓迎されない。主張よりも、どこかに出かけてふらっと何かを見る、みたいな感じに近いよね。

けれどツイッターはとにかくお話好きが多く、主張がメインで、反射的にリプを飛ばせるし、鬱屈した人たちが匿名で常駐するのもよくわかる。もちろんインスタにはインスタの暗い面もあるけれど、両者は良さも暗さも異質のものだ。この仕事をしていなければ、おそらく両方ともに「発信」で関わることはなかっただろうなあ、とそう思う。

そこで息子である。8歳になったばかりなのだけれどコロナ禍での変化もあって、彼の最近の交友関係はもっぱらオンライン。みんなでゲームの中で集まって、クロームブックでズームやチームズで繋がっておしゃべりしながら、これが実に楽しそう。で、ある日。

周りの友達がわりにカジュアルにユーチューバーというか、ユーチューブアカウントをとって遊びの延長で動画を公開しだしたりして、僕もやってみたいと言うわけだ。相談と話し合いのうえ、現状では見送ろうということに。わたしは、親が公的になんらかの活動をしている場合はとくに、その存在や関係を通して子どもが社会に接続されることには特に慎重になるべきというスタンスだし（公的な場を共有しない、顔写真や生年月日などの個人情報を出さない）、自分の発言や行動に自分で責任をとれるようになってからやったほうがいいんじゃないかと説明した。楽しそうなことをやってみたい気持ちはわかるし、それを許可している友達のご家庭を否定するようなことも言いたくないから、これを理解してもらうのは難しいかと思いきや、「なるほどね。オッケー」とすんなり了承してくれた。

少し前までは、ネット上に出した情報が消えることはないデジタル・タトゥーの怖さをデジタルネイティブはわかっていない、みたいな物言いもあったけれど、でも、それも変わるだろう。現実的なトラブルを避けるために息子には話したけれど、たとえばみんながネットにあげられた情報を軽視するようになればなるほど、それこそノイズと見分けがつかず、どうでもよいものに近づいていく。ネットに存在しているというだけで、個人情報もゴシップもフェイクもすべてが等しく無価値になっていく、誰も真剣に注意を払わない時代を少し夢みる。それはそう悪いことではないと感じているのだけれど。

2020｜09｜28

これもやはりひとつの真理

Another Version of Truth

日本では昨年刊行した長編小説『夏物語』が『Breasts and Eggs』というタイトルで欧米で翻訳刊行されて、ありがたいことに忙しい日々。五月雨式に色んな国のメディアのインタビューに答えているので、考えてみればかれこれ一年半くらい、ひとつの作品についてずうっと話しつづけていることになる。もう新作が書き終わっていないといけない時期なんだけれど、なんか、世界線がズレてるみたい……。

それにしても今年は大変な年だった。コロナ禍の影響は計り知れず、いつ終わるともわからない。しかしながら幸いなことになんとなく日常は戻っているような雰囲気もあり、この状態をどう捉えてよいものか。色んなことが変わるだろうし、もちろん変わらないものもある。いつの時代も一般論に収斂《しゅうれん》するものなのだと思うけど、でも身をもって「ああ、これは発見だったよなあ」と感じることがある。それはズームやチームズといったオンラインツールとそれによるコミュニケーション。
　コロナ禍以前にもあって使用することもできたのに、外出自粛と相まって周知され爆発的に需要が増えた。最初は会うことの代替品の向きもあったけれど、特に仕事などではもう必須アイテムというか、みんなが何かに「気づいた」感じがすごくありますよね。「あれこれ、オフィス要らなくない？」「通勤しなくてよくない？」「メイクも服もそんなに気にしなくていいんじゃない？」みたいな。もちろん、人が人に会うこと自体はなくならないけれど、コロナ禍が示したひとつの価値ですよね。

　コロナ禍がなければ、私は今年は毎月のように海外出張をする予定だったけれどそれもなくなり、すべてはオンラインに。会って話すことも大事だけれど、インタビューやシンポジウムなど「言葉」がキーになるものは、これがけっこう悪くない、どころか――移動もない、時差ぼけもない、世界中の読者に部屋にいながらにして聞いてもらえる、などなど、これは出不精な私の性格も大いにあるとは思うけれど、ありがたいことも多いような気がしてる。もちろんこれは特殊かつ限定的かつ個人的な例であって、例えば教育現場においてなどは正反対の実感があるだろうし、会えるなら会ったほうがよい、という場面があるのもそのとおり。何が言いたいかというと、二者択一的にオンラインが素晴らしいというのではなく、新しい選択肢をひとつ発見できたことはまあよかったよね、ということで、これからは対面とオンラインが混ざりあっていく形で、色々なものが実践されていくのだろうね、とそういう感慨なのだった。

でもああ、しみじみ思うけど、それが何であれ、「何かを選べる」ってすごくありがたいことですよね。外に出るか家にいるか。誰かに会うか会わないか。選べるということは自由の条件であり、人生の底にしっかり敷いておきたいベースであるのと同時に——コロナ禍以前のずっと遠い昔から、自由とその権利を確立し、しっかり守って繋げてきてくれた人たちがいることを忘れてはいけないと強く思う。いつだって何だって、当たり前のことってないんだね……書いててなんだか、「相田みつを」みたいであれだけど……。

見知らぬ町で

気がつけば上京してちょうど20年が経っていた。最初に住んだのは三宿近くにあった女性専用のワンルームのマンションで、越してきて数日目に、隣の部屋の女の人からすごく素敵な絵のカードが投函されて、なんと彼女はイラストレーターなのだという。わたしたちは瞬く間に意気投合して、親友になった。それが、牧かほりさんだった。

本当に隣の部屋だからほとんど一緒に住んでるみたいな感覚で、わたしは東京の青春をかほりんとずっと過ごした、という感じがすごくする。東京のあらゆる「初めて」がかほりんとで、個人的には何をやってもうまくいかなかったあの数年間を何とか乗り越えることができたのは、どんなときでも励ましてくれる、受け止めてくれる、太陽みたいなかほりんが側にいてくれたからだと思う。

時は流れ、マンションもなくなり、わたし

たちはべつの町に住み、時々連絡は取り合うけれど、日々の忙しさに追われてこの数年は、なかなか会えなくなっていた。でも、去年かほりんが体調を崩して入院したと電話があったとき、わたしは即座に仕事をキャンセルして文字通り会いに飛んでいった。元気なときは会ってなくてもいいけれど、何かあったらほとんど反射的に駆けつける、かほりんはわたしにとってかけがえのない存在なのだと、元気になったかほりんを見てしみじみ思った。

かほりんの親友でわたしの親友でもある舞台美術家の南志保さんも同じくらい長い付き合いで、このあいだすごく久々に3人でお昼ごはんを食べた。みんな年を重ねて色んな変化があるのに、でも話しているとこれが笑えるほど変わらない。好きな人のことをずっと好きでいられて、会うたびにそれが確認できる喜び。そしてこの友情はもうきっと変わらないんだろうなと思う。出会いって、当たり前だけど出会いたくても出会えない。その意味で、本当に有り難いよね。

帰りは、車で家まで送ってもらった。見慣れた駅前に近づいてロータリーがまあるく視界に開けたとき、ふと不思議な感覚に襲われた。若い頃からの親友と過ごしたせいで、いつも自転車で走り回っている自分の町が、初めて来る、見知らぬ町のように目に映ったのだ。夕暮れに染まったよく知っている町は奥底にしまわれたままの記憶みたいで、奇妙な懐かしさに満ちていた。それはまるで、今の暮らしは本当は長い夢だったか何かで、わたしは本当は、かほりんと志保ちゃんと三宿で暮らすわたしで――この現在がもしかすると、そう、息子も生活も、そっくり「なかったかもしれなかった」可能性が、眼前に迫ってくるようで――上手く言えないけれど、色んな思いが去来して、わたしはほとんど泣いてしまいそうだった。

手を振って別れた。かほりんと志保ちゃんと会うときも別れるときも、母や姉とそうするときとおなじ気持ちになる。理由もなく、大好きなのだ。ふたりの乗った車が角を曲がって消えてしまうと、24歳のわたしは44歳のわたしになった。息子の顔を思い浮かべて、彼の好きなからあげを買いに、スーパーに向かった。

2020 | 12 | 28

文章を読むって

What It Means to Read

　数年前にインスタグラムを始めて、そして七ヶ月前にツイッターを始めた。ツイッターはニュースやフェミニズム関係やお母さんたち、そして美容や英語などのアカウントをフォローして親しんでいたけれど、実際に発信する側になると、意見交換や交流などもできて面白い。また、よく言われることだけれど、インスタとツイッター、それぞれの棲み分けの完璧さというか、ユーザーの雰囲気と常識があまりにも違っていて、なかなか興味深いのだった。

　このあいだ、とても嬉しいことがあった。２０１９年に刊行した『夏物語』は現在25カ国で翻訳が進んでいて、たくさんの読者に出会えた一年になった。タイム誌やニューヨーク・タイムズなど海外の多くのメディアで２０２０年のベストに選んでもらえて有り難いなあ、と思っていたら、インスタグラムにメンションが届いた。誰かなと思うとナタリーと書いてあって、でもアイコンはよくわからない。するとそれは俳優のナタリー・ポートマンで「夏物語、読んでるで」と、わたしに写真とともに感想を送ってくれたのだった。

自分の作品が読まれることは、とても嬉しい。作品を書けること、そして書き上がって、それを存在させることができただけでも奇跡的なことなのに、それを越えると、またべつの欲が出て、読まれることが嬉しいのだ。多く読まれること、つまり売れることももちろん嬉しいけど、それよりはやっぱり深く読まれることが嬉しく、そしてそれと同じくらいに嬉しいのは、予想もしなかった遠くの誰かに届くこと。これは綺麗事ではなくて、やっぱりそうなんである。

言葉というのは不思議だなと思う。わたしは『夏物語』を確かに書いたけれど、それは日本語で書いたのであって、今、遠くでべつの言語で読んでくれている読者は、当然のことながら日本語では読んでいないのだ。まったく違う、べつの言語で、しかし「同じ物語」を読んでいる。いや……これを「同じ物語」と言っていいのか本当のところはわからないことにこそ、わたしを不安にさせ、同時に自由にさせる何かがあると感じている。

原文と翻訳語は、本当のところ、どこで繋がっているのでしょうね。意味。文脈。ストーリー。いくらでも挙げることは可能だろうけれど、でもどこまで行ってもしかし、「原文を読んでいない」という事実は変わらない。日本語は特にそうかもしれないけれど、漢字やひらがな、文字全般の模様や句読点や閉じ開きや改行などが総力をあげて作りだすリズムがある。そしてそれは、当然のことながら日本語でのみ起こることであって、翻訳言語において「そのまま」再現はできないのだ。

わたしはジョイスの『フィネガンズ・ウェイク』を愛しているけれど、もちろん原文でなど読めないし、柳瀬尚紀訳の日本語でしか通読したことがない。でもその感動と衝撃は「原文で読んでも、きっとこれがやってきたに違いない」と錯覚させる何かがあって、いったいそれって何なんだろうな。文章を読むって、いったいどういうことなんだろう。そんなことを考えている冬です。

2021

『夏物語』から一年、『ヘヴン』が英米

をはじめ、いろんな国で刊行されて、そして『すべて真夜中の恋人たち』の準備など海外での出版が活発になった頃。仕事をしてもしても終わらず、考えることがやまほどあって「いけんのかこれ」とも う半分笑いながら思っていたことをしっかり覚えているけれど、とりあえず一応、やってのけたので、だいたいのことはこんな調子でなんとかなるのかもしれない。ならないこともあると思うけれど、そのときそのときで考えていくしかないよねえ。やはり数え切れないくらい海外の取材を受け、文学祭やイベントに出演した一年だった。写真は数千枚のサインをこれからするところ。

素晴らしい方向へ

36歳の年に出産してからの数年間は、体重も筋力も安定しなかったんだけれど、40歳のときに、運動を始めた。ホットヨガとランニングとパーソナル・トレーナーについてもらっての筋トレ。コロナ禍に突入するまでは、なんと週に五回いずれかをやっていたのだけれど、休業要請などの影響でバランスも崩れ、最近はままならなくて、どうしたものか。

考えてみると、わたしはどの時代よりも今がいちばん体を動かしているなと思う。根っからの書斎派で（死語ですかね）、今もべつに体を動かすのが好きになったというわけではなくて基本的につらいのだけれど、しかし運動はわりと病みつきになるのである。とくにランニングは酸素を大量に取り入れるので、たとえ一時間でも走り終わったあとの、目の奥から光という光がごぼごぼと溢れだしてくるようなあの快感は本当にすごくて、執筆への体力を含め、もろもろの正気を保つためにランニングをしているというような実感がある。

ホットヨガに至っては、巨大なレモンを圧搾機にかけたような汗をかくので、まるでデトックスが可視化されたようなあんばいで、これもやめられない。体の細かな左右差とか、ふだん気にしないあれこれについて向き合うので、妙な集中力に満たされる。個人的にホットヨガは合っていたようで、スケジュールが許せば毎朝やりたいくらいだけれど、なかなかですね。

でも、ランニングもホットヨガも、一時間やったところでじつは多めのご飯一膳分のカロリーも消費できない。しんどいなあと思いつつ走りながら「だったら一食抜いたほうがいいんでないか」なんて思うのだけれど、カロリーを摂らないでそのカロリーを退けることと、カロリーを摂って運動によってそれを消費することとは、同じじゃないみたい。運動は体温をあげて血行を良くし、筋トレなどは筋肉量も増やし基礎代謝をあげ、汗もかくので毛穴にも良く、やっぱりプラスアルファがあるわけなのよね。

運動は面倒だし、行きたくないなあ、と思うけれど、でも約五年しっかりと続けてみて、今後も継続すると思う。というのは、やっぱり調子がいいんだよね。あと、わたしは食べるのが好きで、何も考えずに何食かを気持ちに任せて食べるだけであっという間に太る年齢になってきて、これで運動をしていなかったらみるみる大きくなって、今ある洋服もすべて入らなくなってしまうだろうと思う。何より、ときには思い切り食べるために、やっぱり運動が必要なのである。

年齢の節目などで、何か始めようかなと思ってるかたは、ぜひヨガや筋トレ、めっちゃお勧めです。週一からでも、気持ちと体、色んなことが変化しますよ、たぶん素晴らしい方向に！

体験としての、コーヒー

いつだったか少し前、世にも美味しいコーヒーに出会い、わずかながらあった自らのコーヒー観が覆されて、通うことはできないので通販で頂き、もうそれ以外のコーヒーが飲めなくなったという話を書きました。

で、その後もママ友とかに会うと紹介したりして、それでママ友も独自に行って虜になって「すごいよね」、なんだかコーヒーサークルっぽくなってきたのだけれど、そこにさらに衝撃の情報が。

「ミエコさん、このあいだ銀座に行ってきたんだけれど、食事のあと、ちょっと休憩しようかなってビルのなかを歩いてたの。それで店の人に聞くと、上の方にカフェがあるよ、って教えてもらって行ったんだけど」

「うん」

「そしたらね、そこのコーヒーね、一杯が」

「うん」

「一万円だったの」

「えええええ」

もちろん飲まずにべつのところに行ったらしい。検索してみたら、もちろん巷では有名らしく、いくつも記事になっている。しかし、コーヒー一杯に一万円て。

「ミエコさん、ちょっと行ってきてよ」

「なんでやねん！」

さらに検索を続けると体験記が。わたしとおなじように一万円のコーヒーがあると聞きつけて、ただ驚くだけでなく、じっさいに飲みに行く猛者がいるのである。記事には店内の様子、オーダーの仕方、味、薫り、そして最終的なお会計についてが書かれてあり、伝票の写真には一万数千円の文字が……。

でももっと驚いたのは、一杯を楽しむだけでなくて、ボトルみたいに豆をキープできるらしいこと。コーヒーをキープという発想がなかったのと、それがまたもや目が飛びだしそうなほどの高額で震えてしまった。

コーヒー一杯に一万円というのは、無知なわたしには存分に土地代が含まれていると思えてしまうのだけれど、それはコーヒーに限ったことじゃなく、考えてみればシャンパンとかワインとか、高額な酒はいくらでもある。コーヒーだってそうであるべきなのだ、と言われると、たしかにそんなに突拍子もないことでもないのかもしれないとも思う気持ちも芽生えたり……みなさんはどう思います？ チョコレートだってね。一粒千円以上する、けっこう高いのあるものね……。

気軽に出せる値段じゃないし心理的抵抗もあるけれど、でも、どんな味なのか、ちょっと知りたい気持ちはあるよね。というのは、やっぱり本当に美味しいコーヒーというものがあることを少し前に知ったからで、それを知る前は、正直言ってコーヒーに、まあバラエティはあるだろうけど、それほどまでに原理的な違いがあるなんて、思っていなかったのだ。でも、もう戻れないくらいの違いがあった。そしてわたしは美味しいコーヒーに出会ってよかったなあ、とわりにしみじみ思うので、これも体験なのかしら、どうか。

カップ一杯、一万円のコーヒー。いったいどんな味がするんだろうね。「それがわかるわたしなのか問題」もあるけれどね。

2021 | 09 | 28

歯と笑顔

Teeth and Smile

この初夏に、とうとう歯列矯正が終わった。装着からなんと丸四年。こちらでもたびたび経過の様子を書いてきたけれど、感想の筆頭は「長かった」で、そしてやっぱり「やってよかったな」と思うのだった。

わたしの場合は形を整える審美というよりは、噛み締めで埋もれてしまっていた奥歯の高さを出すのが目的だったので、こう、いわゆる見た目の変化というのは期待していなかった。しかし結果、「歯列矯正は美容整形並にえぐい、やばい」と言われ、多くの人がこぞって取り組む所以《ゆえん》が、わかった気がする。

ワイヤーを装着するまえに抜歯したのは二本で、これはもともと足りない分と合わせて考えると、上下でひとつずつ減らした計算になる。で、丸四年かけて、単純に奥歯ひとつ分を、後ろに引っ込めるという形になった。最初はぽっかり空いていた抜歯のあとの隙間もだんだん埋まり、ねじれて生えていた歯が出たり引っ込んだりをくりかえしながら内側に収まってゆき、最初はワイヤーで口のなかが口内炎だらけになったり、途中は見苦しい時期もあって大変だったけれど、ワイヤーを外してとった最終形態の石膏でビフォー・アフターを比べてみると、これがおなじ人の口とは思えないくらいの変化っぷりだったのだ。

その写真をここに掲載できればそれがいちばん早いし見て驚愕してもらいたいくらいなんだけれど、冗談でも誇張でもなく、歯のアーチがひとまわり縮小し、引っ込み具合でいうと、一センチくらいは奥にがんっと入った印象なのよ。わたしはこう、もともと上顎の歯茎がなかなか立派で、厚めの唇も手伝って、鼻の下がややこんもりしていたのだけれど、今、ぎりぎり「Eライン」なるものを確認できる状態になっている。それを目指していたわけではないけれど、噛み合わせの観点からの治療と先生の美学がドッキングした結果、そんなあんばいになったのである……。

いわゆる口元が引っ込んで、変化したのはなにか。それは、ざっくりいうと、笑顔の感じ。今までは笑うと上唇が張って、どちらかというと葉っぱに近いかたちになっていたのが、今は上唇が直線的になって西瓜《すいか》を半分にしたような感じに。そうすると必然的に口角が上がるようになるので、より「笑顔」らしい笑顔になった。わたしは笑顔至上主義者でないので、それがいいのかどうかはわからないけれど、しかし口の周りが動かしやすくなったのは、確かなのよね。

今、いろいろな理由で、歯列矯正を考える人って多いと思う。時間はかかったけれど個人的にはやってよかったと思う。そして迷っている人にオススメなのは、やっぱり歯の位置をしっかり時間をかけて少しずつ移動させるワイヤー矯正で、歯を削ってセラミックをかぶせる短期&簡易なやつはオススメしません。長い目でみてメンテナンスが大変だし、歯は削らないでいられるならそのほうがよいですね。あと、矯正していない人も、就寝時はマウスピースをぜひ。歯がすり減るのを軽減できる、イコール歯が長持ちするからね。マウスピース、若い頃からしておけばよかったなあって思います。

2021｜10｜28

木っ端微塵を求むる心

生きるというのは、物とともにあることなのだなとしみじみ思う。断捨離やミニマリズムが流行って、最小限の荷物でシンプルな暮らしを、というのを実践している人もたくさんいると思うけれど、でもほとんどの人がこの世から退場するときに、物をいっさい残さずにいなくなることはできないはずで、考えてみればこれって大きなルールよな、と思う。

ネガティブな話ではなく、できればカジュアルに読んでもらえると嬉しいのだけれど、五分後、一時間後、当然だけれどわたしたち、自分がどうなっているのか、ほんとのところはわからない。もちろん、これまでの習慣と経験のちからを信じて予定を立てて、ほとんどの場合はそれが遂行されていくのだけれど、でも、ほんとのところはわからないのはこれ、事実なのだ。

たとえば、健康なのに、やることもたくさ

んあって、予定もいっぱいなのに、明日、亡くなってしまう人は、東京だけをみても確実に何人かはいらっしゃることだろう。でも今、その方はそのことをまさか夢にも思っていない。もちろん、わたしも可能性のうちのひとりなのだけれど、これについて考えを先に進めようとしても、でも何をどう思えばいいのか、ちょっと思考が止まってしまうよね。でも、事実としてあるわけで。

そんなことを思いながら、今これを書いている仕事部屋を眺めると、もしわたしに何かがあっていなくなることがあったら、確実に誰かがここにやってきて、本や物や書類の整理をしてくれることになるのだな。わたしにとって意味のあったものはその意味を失い、指示する人もいないので、どうしてよいのかわからない。これまでわたしも何人かの友人を突然になくし、彼ら彼女らが残していった物たちと形見分けということで対面する機会が何度かあった。ご遺族のご意向とはいえ（もちろん遺族は本人じゃない）、持ち主がいないのに、持ち主でない自分がそれらを目に手にすることに抵抗も後ろめたさもあったし、でも必要なことかもしれないと思う気持ちもあったりして、あれはとても奇妙な時間で、少しの後悔とともにある。思い出を分け合うのは残された人たちの振る舞いとしてはおかしなことではないのかもしれないけれど、でもわたしなら絶対に誰にも来てほしくないな。なぜかそう思った。だから、今後はもうすべての形見分けへの参加は固辞することになると思う。

でも、人は物を残さずに去ることができない。こうなってくると終活の必要性が、むくむくと立ち上がってくる。職業柄、いちばん残したくないのは、やっぱり創作にかんするあれこれ。構想とか、メモとかね。日記はもうつけてないけれど、でもときどきつけているし、それもなんか、ちょっと嫌だね。まあそれも含めてデジタルはパスワードがあるからまあいいけど、でも昔の手紙とか、そう、物ですよね。みんなどうする感じですか。わたしは、服も本も家具も何もかも、まったく何にも興味のない業者が、すべてを無価値無意味な物として、一律に木っ端微塵にしてくれたら最高だなと、なんとなくすごく思う。

2022

ひきつづき多忙な年で、ほとんど記憶がないし、

なにもかもが一瞬で過ぎ去った感じの凄みでいえば今まで過ごした年のなかではいちばんであるような気がする。押し流されるというのがぴったりで、眠っていても起きていても笑っていても泣いていても、絶えずごうごうと音が鳴り響いているような日々だった。写真はある授賞式での一枚。レースのカーテンも、着させてもらったお洋服もジュエリーもきれいだった。楽しい気持ち、明るさをもちよって、みんなで過ごした秋のおわりの日。

2022｜01｜28

お正月の一大叙事詩

Great Epic of the New Year's Holiday

このお正月は、実に8日間も家から出なかった。何をしていたかというと、家族でただひたすら映画を観ていたのだ。マーベル・シリーズ。なにそれ、という人もアベンジャーズは聞いたことがあると思う。アベンジャーズというのは超人たちからなる地球防衛軍みたいなもので、彼らを中心にマーベル・コミックのキャラクターたちが過去や未来、宇宙や魔法がある世界、異次元などを行き来しながら戦いを繰り広げていく、ひとつづきの壮大なシリーズなのだった。キャプテン・アメリカとか、アイアンマンとか、ハルクとかって聞いたことありません？　そういう過去にちらちら耳にしていた彼らがみんな登場。本筋に加えてスピンオフなどドラマ版も無数にある。我々は映画版の24本とスパイダーマン・シリーズ5本を観ただけで、もう大忙しだった。午前中にがっと仕事をして午後から夜中まで数本観て、あいまに軽食をとって作品についてあれこれ話し、また映画に戻るというようにぶっ通しでマーベル・シリーズ二十年の歩みを一気に体験したこともあり、『エンドゲーム』を観終わったあと、抜け殻のようになってしまった。

正直、わたしはロボット系は大好きなんだけれど、ファンタジー的な世界観——鎧&魔法系というか、最初からもろもろ超越設定が組まれている要素が出てくるのってあんまり得意ではなかったのだけれど（公開当時に『アベンジャーズ』を観たときもピンとこなかった）、多くの人が言うようにマーベル・シリーズは資本主義&IT隆盛以降の神話というか一大叙事詩で（神的な存在や星に自我があるようなキャラクターも出てくる）、しかもこれがのち何十年にも渡ってそのつど最高の新陳代謝をしながら紙媒体やキャラクター商売など新旧のメディアを飲みこんで続いていくことが約束されている巨大インダストリーそのものであり、とにかくエンターテインメントのアルファにしてオメガみたいな、そんなあんばいになっていたんである。わたしはこのあいだ公開されたスパイダーマンの新作を観るために、息子に付き合う感じで何気なく観始めたのだけれど、これだけの作品が「観る気」にならないと「ないまま」で、また興味やきっかけがないと無数にならんだ配信動画のバナーのひとつとしてしか存在していないのも、なんだかすごい話だと思った。まあ考えてみれば書物もそうなんだけれどもね……。

でも、映像というのは強いなあとしみじみ思う。もちろん、いつの時代も観られる映画も観られない映画もあるけれど、特に巨額の制作費が投下され最新の技術が駆使されたエンターテインメントは、それだけで同時代的な価値と快感があるし、基本的に受け身で楽しめるし、ネット配信が主流になってもっと身近なものになったし、このさきどんな娯楽が出てきたとしても、その革新をも抱き合わせてさらなる発展をとげるのだろうね。そんなことを考えながら、小説というオールドメディアについて思いを巡らすとなんとも懐かしいような気持ちになるけれど、でもそれが誰にどんな影響を与えるかはさておき、文章でしか表せないものはやはりあって、今日も書ける喜びを感じながら仕事をする次第です。

2022 | 02 | 26

いつかきっとは、彼方に

One Day, Some Day, Now Far Away

それがどういうものかうまく実体はつかめないけど、でももうずっと、慣れ親しんできた概念がわたしたちにはたくさん存在します。その代表格は、たとえば「愛」とかになるでしょうか。もちろん「わたしは愛のなんたるかをばちばちに理解している」と仰る向きもあるでしょうが、自分の中でもその定義はなかなかに相対的かつ位相的で、そうしたものを他人に示して共有するのは基本的に難しい。

しかしだからこそやりがいもあるかもしれず、無数の物語や芸術や表現が連綿と続いているのはその困難ゆえもあるのでしょう。「その言葉が存在して使用できている以上、あなたはそれを知っている」という哲学者もいましたが、どうもそれ以上の実感を、べつの言葉や表現に置き換えたい……世界にはそういう欲があるようです。

「愛」もいいけど最近少し気になるのは「い

つか」という概念。子どもの頃、もっと若い頃は「いつか」という場所や単時点が、こう、前方に伸びている線だかなんだかのどこかに現れるものとして、ごく当たり前に生活に組み込まれていました。とはいえ、わたしは物心ついたときから、筋金入りのネガティブな人間なので、我が身に何か素敵なことが起きてほしいとか、幸せになりたいなどという発想じたいがなかったので、その「いつか」は必然的に「いつか~になってしまう」という悲観とセットでした。「いつか大人になってしまう」、「いつか必ず終わってしまう」、そうした「~なってしまう」の親玉は、なんといっても「いつか死んでしまう」。それに不意に睨まれると、ほんとぼんやりとしてしまう。

しかし思春期を過ぎ、人生を生き延びて社会性が身につくと、すべてがみるみる鈍くなるもの。30代に入った頃「いつか死んでしまう」と現在のあいだに、具体的な「いつか」が芽を出すように。たとえば「いつかこれについての作品を書きたい」だとか「いつかクリスマスローズで埋め尽くされた庭がほしい」とか。仕事はまあしっかり為せば成ることであるけれど、たとえば庭は、時間もお金も気力もコストがすごい。

45歳、今住んでいる街が気に入ってるので、ここで大きな庭つきの土地を探すとすれば、冗談みたいな金額になるし、上物の設計なども一から、かつ今は材料&人手不足で何年かかるのかも不明。壮絶な量の荷物を整理し引っ越しをして、ぜんぶ接続し直して、そのあいだに病気になったり事故に遭ったりなんかしたらどうすればよいのだろう、などと考えると「もう無理」としか思えないのです。

　そう、今より若い頃に頭をよぎった、少しだけ心弾むような、ほんのり夢見たような「いつか」は知らないうちに人生から消えていた、というわけなのです。いやいや寿命100歳の45歳はまだ若い、と思われる方もいるかもしれません。でもやっぱり自分自身の情熱や気力が「いつか」のポイントをいつの間にか追い越してしまったな、という感触があるのです。みなさんはいかが?

2022｜03｜28

りぼんにお願い

今日は読者のみなさまにお知らせがあります。このたび、誌面のリニューアルにともなって『りぼんにお願い』も最終回を迎えることになりました。長らくのご愛読、本当にありがとうございました！

『Hanako WEST』から始まった当連載は、トータルでなんと今年で十五年め。どんな月日も過ぎてしまえばあっという間に感じるものですが、でもわたしにとってのこの十五年は、物書きとしてのキャリアとまったくおなじ時間なので、ほとんどすべてと言っていいくらい、特別なものだったなと感じています。

　連載を始めた２００７年当時は、なにしろiPhoneもなかったし、ブログとかミクシィなどが全盛期の頃で、ツイッターやインスタグラムやTikTokのような、現在のＳＮＳが重要なコミュニケーションツールになる以前のこと。ほんとに、いろんなことが変わったよな、と思います。でも、それがなんであれ、渦中にいるときには、その動きや流れはよく見えない。振り返ってみるときに、あれはなんだったのか、というようなことが、おぼろげな輪郭とともに少しだけ浮かんで見える——結局生きるとは、そんな漠然さ、そのものなのかもしれません。

しかし、そんな頼りない記憶であっても、社会にも個人にも、本当にいろいろなことがあった、ある、ということは事実として残っています。

東日本大震災があり、事件の起きない日はなく、コロナ禍がありました。どの出来事も、未だ現在はその渦中であり、今も苦しい思いをしている方々がおり、すっきりと解決したり、癒えるということはありえません。そして今は、プーチンによるウクライナ侵攻が進んでいます。不安は尽きず、絶望が押し寄せるなかで、曖昧で漠然とした人々の暮らしがつづいていく、いくしかないこと。近さ、遠さ、怒り、悲しみ、都合のよさ……様々な感情が行き来するなかで、でもやっぱりわたしたちはそれぞれにおいて、日々を試されているのだと思います。

今日という日が、なんら当たり前に存在するものではないこと。

なにかの加減でそっくり失われる可能性が、いつでも、あること。

笑顔や健康や安全が、ほとんど奇跡に近いありかたをしていること。ある場所で起きていることが、なぜ自分のいるこの場所、この時に、起きていないのかについて、それはどういうことなのか、そこから自分がなにを考えるのかについて、考えること。

声をあげたり、寄付などの行動とともに、そういう細部についてあらためて思いをはせることも、必要なのかもしれないと感じています。

わたしたちは、自分に、世界に、明日起きることをなにも知りません。でも、この瞬間を大切に思うことはできるかもしれない。それは遠くの誰かを救うことはできないかもしれないけれど、でも目のまえにいる誰かの力になるのかもしれません。

最後になりましたが、本当に長いあいだ、読んでくださってありがとうございました。どうぞ、どうか、お元気で。また、いつかどこかで、お会いできることを願って。

あとがき

この文章を書いている今は、春の終わりで、マンションの五階に借りている仕事部屋からは、空と線路と無数の屋根と色が見えています。息子は、この夏の初めに十一歳になり、わたしはこの夏の終わりに四十七歳になります。そう思うと、それだけの時間が流れたと言ってしまいたい気持ちになるけれど、本当に時間って過ぎたのだろうかな。過ぎていくというよりは、大根おろしにかけられた、大根を見ているような感じがする。

文章を書くようになって十数年。それとほとんどおなじだけ、Ｈａｎａｋｏさんで連載させていただきました。いま読み返してみると、ずいぶん呑気なことを考えてるなあと思うところも、逆になんだかすごく肩に力が入ってるなあと思うところもたくさんあるけれど、でもわたしがよく覚えているのは、Ｈａｎａｋｏ読者のことを想像しながら文章を書くことは、いつも、すごく楽しかったということです。小説で真顔な場面を書いているときも、現実のままならない問題に追いかけられてせっぱつまっているときも、「よし、今からＨａｎａｋｏ書くぞ」と思うと、ちょっとだけ、心も体も移動するような気持ちになれた。暖かそうな光がたまってる方面に、です。

生きてると、いろんなことがありますよね。

その「いろんなこと」のなかには、本当にいろんなことがあって、悲しみや喜びとして表現できるものからできないものまで、そして、いったい今、自分や大切な人の身になにが起こっているのか、どれだけ見つめても理解できないような、とんでもないことまで、本当にいろんなことがあると思う。もちろん、このために自分は生まれてきたのだ、と打ち震えるような祝祭的なできごとも。それはもう、いろんな方向にいろんな角度で、いろんなかたさ、やわらかさで。

そんなときに、言葉というものがいったいどれくらいの意味をもつのか、正直にいって、わたしにはわからない。今よりうんと若い頃は、人を傷つけるのが言葉なら、癒やし、救うのも言葉であり、そして言葉はそのまま世界の別名であることに本当につよい実感をもっていたし、その根っこは今も変わらない。でも、言葉を読むことすらままならない、どんなささいなものであれ意味が視界に入るだけでもつらいというような状態も、たしかにあって——そう、生きるということは、自分ではどうにもならない心とからだと一緒に、なにかを感じつづけることだから、本当はそれだけでもう、精一杯なんじゃないだろうか。どうだろうか。そのとき言葉は、本当のところ、どんなふうに存在するんだろう。最近は文章を読んだり書いたりしながらそんなことを考えています。

一冊にまとめるにあたって、タイトルをどうしようかとずっと考えていて、ある日の夕方のことを思いだしました。その日はいくつか不安になるような報道があって、個人的にも動揺するようなことがあって、そして雨が降っていて、まるで濡れた靴のなかで冷えていく足にでもなったみたいに恐ろしさとみわけのつかないような、心細さがやってきた。こうして書いてみると、どうってことのないありふれた日常の風景ではあるのですが、でもどんな瞬間も、そのときは、いつだって初めて経験する瞬間だから、その瞬間のことを、その瞬間に相対化するのはむずかしい。わたしは息子を迎えにいく途中で、来た道にもこれからゆく道にもぶあつい蓋をするかのように押し迫ってくる曇天の下で足を止めて、深呼吸しました。

胸のなかの息をすべて吐ききると、つぎに胸は勝手に、新しい息を吸いこみました。それを何度かくりかえしてみると、べつに明るくも元気にもならないんだけれど、ちょっとだけ、けれどもたしかに、落ち着くことができたのです。これもまた、こうして書いてみるとなんでもないことに思えるけれど、でも、つぎの瞬間に思ったのは「そうか、知らんうちに、息って浅くなってるんやな」ということでした。そして、これもあたりまえのことだけれど、人間には、どうすることもできないことがたくさんあるんやなと、思い知りました。年を重ねるとは連続するそれらの密度が掛けあわさっていく過程そのもので、そういうものを生きるなかで、おそらく大事になってくるのは、笑顔で明るく元気いっぱい、力強く前むきに生きることなのではなくて（もちろん、それは素晴らしいことですが）、たとえ元気がなくたって、笑顔でなくたって、強くなくたって、穏やかにいられることではないだろうか。調子がいいときも、そうでないときも、なんとなく、思いついたときにでも、深く、しっかり息をしてみること。そのあとのことは、そのあとやってくるものに、まかせるような、穏やかさで。今、そんなことを考えています。

最後に、Ｈａｎａｋｏ連載時に、いつもいつも素晴らしい絵を描いてくださった束ちなつさん、素敵な装丁をしてくださった大島依提亜さん、表紙にかわいらしい絵を使わせてくださった、てらおかなつみさん、マガジンハウスの齋藤和義さん、そして十数年にわたってお付き合いくださいました歴代編集者のみなさま、ありがとうございました。そして、なにより、この本を読んでくださったみなさんに、心からの感謝を。

川上未映子

二〇二三年 四月

Art Direction: Idea Oshima
Design: Hiroyo Katsube
Illustration: Natsumi Teraoka (cover, back cover)
Ikumi Minagawa (P.6, 16, 44, 69, 97, 122, 156, 184, 200, 222, 244, 257)
Cover illustration licensed from Amulet Pearl https://amuletpearl.jp/
Proofreading: TSSC
Mieko Kawakami's Assistant: Mimi
Title Translations: Hitomi Yoshio
Cooperation: Atsuko Matsumi

川上未映子（かわかみ・みえこ）

大阪府生まれ。２００８年「乳と卵」で芥川賞、10年『ヘヴン』で芸術選奨文部科学大臣新人賞および紫式部文学賞、13年『愛の夢とか』で谷崎潤一郎賞、同年、詩集『水瓶』で高見順賞、16年『あこがれ』で渡辺淳一文学賞、19年『夏物語』で毎日出版文化賞を受賞。『夏物語』は世界各国でベストセラーとなり、現在40カ国以上で刊行がすすむ。『ヘヴン』の英訳が22年「ブッカー国際賞」の最終候補に、23年には『すべて真夜中の恋人たち』が「全米批評家協会賞」最終候補にノミネート。23年２月に発売された新作長編小説『黄色い家』が大きな反響を呼んでいる。ほかに村上春樹との共著『みみずくは黄昏に飛びたつ』、短編集『ウィステリアと三人の女たち』など著書多数。

深く、しっかり息をして
川上未映子エッセイ集

２０２３年７月７日　第一刷発行
２０２３年８月９日　第二刷発行

著者　川上未映子
発行者　鉄尾周一
発行所　株式会社マガジンハウス
〒１０４-８００３　東京都中央区銀座３-13-10
Ｈａｎａｋｏ編集部　☎０３（３５４５）７０７０
受注センター　☎０４９（２７５）１８１１

印刷・製本　大日本印刷株式会社

ISBN978-4-8387-3243-2　C0095

初出
雑誌Ｈａｎａｋｏ連載「りぼんにお願い」（２０１１年９月８日号～２０２２年５月号）。
単行本化にあたり、１年ごとの振り返りエッセイなど加筆、修正いたしました。

マガジンハウスのホームページ　https://magazineworld.jp/